光文社文庫

恋する組長

笹本稜平

KOBUNSHA

目次

死人の逆恨み

事務所のドアを開けると、部屋の真ん中に死体がひとつぶら下がっていた。

死んでいたのは窪木《くぼき》徹治《てつはる》で、通称は「コマシのテツ」。地場の暴力団の企業舎弟で、あこぎな街金《まちきん》を営んでいる。

おれの事務所は築年数もわからない不細工な賃貸ビルの一室で、壁と同色のペンキを塗りたくったスチールの配管が一本天井を這っている。そこに掛かったロープに首を突っ込んで、すぐそばの机から飛び降りたようだ。ロープは本人が持ち込んだらしい見覚えのないものだった。

だらりと下がった手に触れてみると、人気《ひとけ》のない室内の空気と同じ程度に冷えていた。わずかに排泄物の臭いはするが、死ぬ前に用を足しておいたのか、床を汚すほどでもなかったらしい。鬼瓦のようなご面相に似合わず伊達男だった。下《しも》の世話まではかけないくらいの矜持《きょうじ》は持ち合わせていたようだった。

腐臭もまだない。出来たてというほどではないが、死んで何日も経っているようにも思えなかった。少々因縁があって殺しても飽きたりない男だが、こんなところで死んでくれと頼んだ覚えはない。

ここ五日ほど事務所には立ち寄っていなかった。年末年始は思う存分寝て暮らしたが、世間のカレンダーに合わせたわけではない。ただ暇だっただけなのだ。

ようやく三箇日《さんがにち》が明け、けさは早めにマンションを出て、新年の挨拶がてら、目つきの悪い連中がたむろする得意先を一回りした。手土産に市内で指折りの鉄工所の社長が、最近派手に融通手形を振り出している噂をちらつかせたが、どいつもこいつも食いつく素振りはみせなかった。

債権回収、倒産整理、会社乗っ取り、違法金融、示談代行、競売屋《けいばいや》──。代紋を担ぐ連中のなりわいも、近ごろは法の目をくぐり経済社会の裏通りを渡り歩く、多少は知能を要求される業態に変わってきた。

勝負の決め手は情報だ。私立探偵としてのおれの得意先はそんな手合いが大半で、倒産、リストラ、夜逃げの噂が地場の人間の茶飲み話になる昨今の浮世はむしろ追い風でさえあった。その追い風が暮れになってぱたりと止まった。

ここ十年来根城にしているS市は、首都圏の都市のなかでは大きい部類だが、東と西の指定広域暴力団の草刈場としては少々手狭すぎる。そこに地場の独立系が加わって三つ巴の陣取り合戦が過熱して、その手の空気に敏感な人間なら感じとれるきな臭い匂いが、街のそこここに充満していた。

いずれ起きると踏んでいた騒動が予想にたがわず起きたのは半月前。シャブで錯乱した関東系傘下の山藤《やまふじ》組の三下《さんした》が、回転式拳銃《レンコン》片手に関西系の猪熊《いのくま》一家の事務所に乗り込んで、組の若頭の心臓をぶち抜いた。その場で半殺しにされた三下は踏み込んだ警察に現行犯逮捕されたが、馬鹿がやったことで穏便にとはいかないのが渡世の宿命だ。

三日後には猪熊一家の鉄砲玉が山藤組の事務所に手榴弾を抛り込み、若い衆五人が重軽傷を負った。その夜には猪熊一家の組長宅が山藤組の武装グループに襲撃された。

流れ弾に当たって一般市民に怪我人が出るに及んで、ごろつき同士の潰し合いと高みの見物を決め込んでいた警察も動かざるをえなくなった。猪熊、山藤双方の幹部クラスに逮捕者が出て、ようやく親元同士が鎮めに入り、一週間目で抗争は手打ちとなった。

事件を機に県警は本気で締めつけに乗り出した。民事介入暴力の取り締まりを目的とするいわゆる暴力団新法は、さじ加減一つで伝家の宝刀にもざる法にもなる。厳格に適用すれば広域暴力団の一つや二つは壊滅に追い込まれても不思議はないのだが、どこもいまだに大手を振っているところをみれば、さぞや便利な抜け道が用意されているわけだろう。

それでも県警が本気になったということは、しばらく大人しくしていろという行政側からのサインでもある。地場の独立系を含めて、ここしばらくは互いにシノギを自粛しようという申し合わせがあったらしい。

とばっちりを食ったのはこっちのほうで、仕事の大半を占めるその関係の依頼が途絶えれば、あとは果報を寝て待つしかない。

そんな不運をあざ笑うように、天井からぶら下がった死体は白目を剥いておれを見下ろしている。気は進まないが放ってもおけない。警察に通報しようと受話器をとりながら、ふとまた死体に目がいった。

食い込んだロープと交差するように、喉の周りに筋状の引っ掻き傷がある。警察関係者が「吉川線《よしかわせん》」と呼ぶ、絞殺された被害者が喉を掻きむしってできる爪痕だ。自殺と他殺を見極める決め手となる物証で、本物の自殺では首を吊った瞬間に意識を失うから、この吉川線ができることはまずありえない。

受話器を戻して思案した。アリバイはない。警察には目をつけられている。そのうえ遺恨もなくはない。通報すればその場で任意同行だ。デカの機嫌が悪ければたぶんそのままぱくられる。

隣の司法書士事務所から漏れてくる株式市況のラジオの音が喧《やかま》しい。隣といってももともとは一つの部屋で、石膏ボードで仕切っただけの安普請だから、深夜なら屁の音さえも筒抜けだ。とりあえず死体はそのままにして、所用で午後から来るという電話番の由子《ゆうこ》には、きょうは休んでいいと連絡を入れた。ドアに鍵をかけ、急いで事務所をあとにして、まずは自分の次にコマシを殺しそうなやつのところへ出向くことにした。

目抜き通りの真新しいテナントビルの地下駐車場に愛車のベンツを乗り入れる。探偵にベンツは似合いとはいいがたいが、まっとうとはいえない連中の注文で浮世の闇からネタを探し出すには、押しの強さもないがしろにできない武器なのだ。

　そのビルの三階にある「サンライズ興産」という腑抜けたロゴプレートのある事務所の応接室で、近眼のマサは機嫌のいい笑みでおれを迎えた。例の抗争事件に火をつけた山藤組の若頭で、本来ならおあいこで命《タマ》をとられてもおかしくない立場だが、いいタイミングで警察が動いたお陰で助かった。新年の挨拶は済んでいたから、前置きなしに切り出した。

「コマシが死んでいた。おれの事務所で」

「正月早々、めでたい話だ」

　牛乳瓶の底のようなレンズの奥から、近眼はさも嬉しそうな目線を投げる。

「喜んでる場合じゃないんだよ――」

　おれは状況をかいつまんで説明した。

「つまり自殺に偽装した殺しってわけか。おれならそんな手間はかけねえな。産廃の山へ埋めちまえば、誰もほじくり返したりはしねえよ。そもそもやるなら顔が見えるようにやる」

「だろうな」

　おれは頷《うなず》いた。やくざは男を売るのが商売で、体を張った仕事も人の耳に入らなければ無駄になる。警察に尻尾をつかませない程度に犯行をほのめかすことも、営業上欠かせないパブリシティなのだ。つまり偽装殺人では意味がない。

「コマシの身辺で、臭い話は聞いていないか」

「野郎の周りに臭くねえ話なんてあるのかい」

近眼は鼻をつまんでひん曲げてみせる。

「いつもと違った動きがなかったかと訊いてるんだよ」

「それを調べるのが本業じゃねえのか」

「それでここへ寄らせてもらったんだ。耳のほうは人並み外れて上等だと聞いている」

ふふんと軽く鼻で笑って、近眼は上目づかいに天井を眺め、それからゆっくり口を開いた。

「極道の線じゃねえな」

「みんな大人しくしてるのか」

「どの組のごろつきも借りてきた猫だ。早いとこサツとも手打ちをしないと、干上がってる若い連中がかえって殺気立つ」

その点はこっちも似たようなものだが、弱みをみせれば仕事で叩かれるから相槌は打たないでおいた。コマシにも敵は多いが、この時期に手を下すほど、ここいら一帯の極道も馬鹿ではなさそうだ。

「死体はどう始末する」

近眼が訊いてきた。

「おれがやったんじゃないんだから、とりあえず現状を保全しておくさ。下手に片付けりゃ死体遺棄罪がつく」

「自分でホシを捜すのか」

「サツに通報したら、おれが第一容疑者だ」

「嵌《は》められたんじゃねえのか」

「ああ、好いてくれない連中が大勢いるのはわかっている。しかし――」

首吊り自殺を偽装した殺しというのは、嫌がらせにしては手が込みすぎている。

「ただの自殺なら筋が通るんだが――」

おれは呻くように言った。コマシが株で手痛い目に遭った噂は小耳に挟んでいた。得体の知れない仕手筋に嵌められて、億単位の金をどぶに捨てたという。その資金の出所が危ない筋だったらしく、このところ厳しい追い込みを食らっていたらしい。最後の手として保険金目当ての自殺を図ったという絵でも描ければ、警察も納得するはずだった。しかし殺されたとなると話が違う。

近眼もけっきょく頼りにならず、耳寄りな話があれば知らせてくれと言って事務所を出た。地下駐車場に戻ったら、予期せぬ客が暇そうにおれを待っていた。

図体のでかい角刈りのほうが門倉《かどくら》なんとかで、S署のゴリラといえばおれの得意先筋ではたいがい通じる。所属は刑事課一係で、殺しや強盗《タタキ》が専門だ。三年前、仕事で付け回していた不動産屋の社長が郊外の山林で遺体で見つかった事件があって、けっきょく相続に絡んだ身内の犯行だったが、朝から夜中まで、ほとんど犯人扱いの訊問を受けた。

ゴリラより首一つ小さい貧相な若造は初対面だ。顔は山羊に似ているが、目つきの悪さはハイエナといい勝負だ。

「おまえの事務所に死体《マンジュウ》があった。知ってるか」

ゴリラが馴れ馴れしい調子で訊いてきた。

「知らないな。どこで拾ったガセネタだ」

「電話番の姐《ねえ》ちゃんが通報してきたんだよ」

出てこいと言えば休み、休めと言えば勝手に出てくる。なんにでも逆らってみるのが女というものの本性らしい。チャックのついていない女の口はときとして凶器に等しい。

「そうかい。そりゃ大ニュースだ。正月早々仕事にありつけてよかったな」

とぼけて答えると、目つきの悪い山羊が吼《ほ》えた。

「しらを切るんじゃねえよ。事務所からその女の家に電話をかけているだろう。発信記録が残っていたぞ」

力が抜けた。さすがにそこまでは気が回らなかった。

「わかったよ。おれにどうして欲しいんだ」

「じっくり話を訊きてえんだよ。署まで付き合ってもらおうか」

「ホシだとみているんなら、考えを改めたほうがいい。三年前の貸しはまだ返してもらっていない」

「そうは言ってねえ。妙に先走るところが臭えよな」

ゴリラはニヤついたが、容疑は殺しだと爬虫類のような三白眼は告げている。観念して、ベンツの隣に停めてあった覆面パトカーに乗り込んだ。


「コマシにゃ酷い目に遭わされたんだっけな」

訳知り顔でゴリラは煙草をくゆらせる。開店早々で暖房の効きが悪いのか、相性の悪い奴らといるせいか、S署の取調室はどこか薄ら寒かった。

ゴリラが言うのは二年前の遺恨のことだ。コマシにカモにされ、倒産寸前に追い込まれた土建屋の社長から、おれは夜逃げの相談を受けた。むしりとられた手形が翌日には期日を迎え、不渡りになるのは確実だった。破産宣告を受けるにも、弁護士費用や予納金で一千万近くかかるらしい。そんな金があればそもそも倒産などはしなかった。

まもなくコマシの仲間の整理屋に骨の髄までしゃぶられる。それならいっそ自分から、コマシの息のかからない整理屋に丸投げして、一泡吹かせてやろうと思いついたらしい。

社長の出した条件は夜逃げの手配と隠れ家の確保。交換に架空の株主総会の議決書やら株の譲渡証やら売掛金一覧表やら、会社整理に必要な書類一切を提供するという。おれは近眼に話をもちかけた。近眼の動きは速かった。債務者を追い回すのは本業だから、裏を掻く手も知っている。手際よく郷里の九州へ逃がしたうえに、当座の暮らしにと二百万ほどの金も渡してやった。

コマシとの勝負はそこでついた。気心の知れた総会屋を清算人に据え、社長からの委任状を楯に債権者会議を牛耳って、近眼は億に近いところを食ってしまった。それなりの分け前がおれに回ってきたのは言うまでもない。

コマシはすぐさま報復に出て、表看板の産廃業で近眼が有害物質を不法投棄しているという噂を流し出す。地元で激しい住民運動が起きた。立ち退き要求を呑めば商売をたたむしかない。おれは旗振り役の市議の身辺を洗い、しこたま集めた下半身ネタを近眼に渡してやった。一週間もしないうちに騒動は収まった。

コマシの復讐の矛先は今度はおれに向いてきた。三年前の殺人容疑の一件以来、ゴリラが馴れ馴れしく事務所に出入りするようになっていた。コマシはそれに目をつけて、おれが仕事で得た極道筋の情報をサツにタレ込んでいるという噂を広めはじめた。ゴリラにそんな下心があったのは確かだが、むろん相手にしなかった。おれにとってはあくまで極道が飯の種で、警察は必要悪の税金泥棒にすぎない。

おかげで仕事は激減した。大家からは追い立てを食らい、ついには車も手放した。その年の夏の盛りには、男を上げようと粋がった二十歳そこそこのチンピラに、不覚にも夜の路上で腹を刺された。急所をそれて命は取り留めたが、二カ月にも及ぶ入院で、かさんだ医療費が窮乏生活に追い討ちをかけた。

見るに見兼ねた近眼がコマシを締め上げて、噂はデマだと一筆書かせ、それが親分衆の間を一回りして、ようやく兵糧攻めが解かれたのは一年後だった。


「きのうの午後十時から午前三時のあいだどこにいた？」

昼飯に餃子でも食ったのか、にんにく臭い煙草の煙とともにゴリラはお定まりの問いを吐き出した。それが死亡推定時刻らしい。

「家にいた」

「証明できるか」

「寝てるか、一人で飲《や》っていた」

「つまりアリバイなしだな」

ゴリラの顔がほころんだ。すでに勝手に絵を描いているらしい。

「殺されたって、どうしてわかる？」

「喉元にもがいてつけた傷があってな」

吉川線のことを言っている。決め手はまだそれだけらしい。余裕をみせながら腹を探った。

「自殺に偽装した殺しという筋書きか」

「すぐばれるのに、結構多いんだ、これが」

ゴリラはにやつきながら角刈りの頭をこりこり掻いた。

「やったのはおれだと言いたいのか」

気のない調子で応じると、ゴリラは威圧するように無精ひげの生えた顎《あご》を突き出した。

「どうして警察に通報しなかった」

「おたくらと同じことを考えたんだよ。あんたがしゃしゃり出る前にホシの見当をつけようと思ったんだ」

おれはやんわり受け流した。

「ホシの見当がつきにくいように細工しようとしたんじゃねえのか。やったんなら吐いたほうが気が楽だ」

ゴリラは自信ありげに身を乗り出す。距離をおくように体を退《ひ》いて、おれはゴリラに視線を据えた。

「自殺に偽装するような手の込んだことをやるのに、なんで自分の事務所を使うんだ」

「合鍵を持っているのは？」

問いを無視してゴリラは押してくる。

「おれと由子と大家だよ」

「暮れには鍵をかけて店じまいしたんだろう」

「ああ」

うんざりしながら頷くと、ゴリラは勝ち誇ったように鼻の穴から煙を噴いた。

「だったらコマシはどうやって部屋に入った」

「壁でもすり抜けたんだろう」

苦い口調で吐き捨てても、ゴリラはまるで意に介さない。

「電話番のお姐ちゃんが事務所に来たとき、鍵はかかっていたそうだ。かけて出たのはおまえだろう」

「ああ、ほんの二時間ほど前だ。コマシの吊るしを拝んだのもそのときがはじめてだ」

「おまえが連れ込んだとしか考えられねえんだがな」

反応を探るように、ゴリラは薄ら笑いを浮かべてみせる。こいつにしては押しが足りない。攻めあぐねる事情があるようだ。そういえば署内は妙に落ち着いていて、二階の講堂にも大きな看板は出ていない。

「殺しだとしたら、どうして帳場（捜査本部）を開かない」

「遺体はいま行政解剖の最中だ」

ゴリラは具合悪そうに口元を捻じ曲げた。案の定だ。同じ不審死の遺体でも、明らかに殺しなら司法解剖、そうでなければ行政解剖と扱いが違う。つまりまだ殺しと確定したわけじゃない。こいつらの手に落ちる前に一仕事する余裕はありそうだ。

「つまりこの取調べは、法的根拠のない見込み捜査というわけだ」

「いずれ出てくるに決まってる。お互い手間を省こうじゃねえか」

虚勢を張るようにゴリラはまた餃子臭い煙を吐き出した。無視しておれは立ち上がった。

「喋りすぎたようだな。帰らせてもらうぞ」

「遠出はするんじゃねえぞ」

ドアに向かうおれの背中に、未練がましいゴリラの声が貼りついた。


乗り捨てた車を拾いに近眼の事務所のあるビルへタクシーを走らせた。

地下駐車場へ下りると、おれのベンツの隣に真っ赤なボルボが停まっている。運転席にはホルスタインのような女がいる。コマシの女房の雅恵《まさえ》だ。この駐車場には疫病神が住み着いているらしい。背中を向けて立ち去ろうとしたら、うしろからやけに優しい声が飛んできた。

「門倉っていう刑事に聞いたのよ。車を取りに寄るだろうって。窪木の件じゃご迷惑をかけちゃったわね」

怒っておれを踏み潰しに来たわけではないらしい。コマシの子分の姿もない。雅恵はS市の繁華街でしけたクラブを経営していて、コマシとの仲がこじれる前はたまに遊びに行くこともあった。覚悟を決めて歩み寄る。

「迷惑といえば迷惑だが、そっちのほうこそ気を落としているんじゃないのか」

「そりゃ寂しいけどね。でもあの人は渡世人としての最後のお勤めを果たしたわけだから」

「最後のお勤め――」

おれは訊き返した。極道の世界には常人にはわけのわからない義理がけがいろいろあるが、首を吊って果たすお勤めとなると穏やかではない。

普段は七面鳥のように派手好みだが、すでに葬儀の場にいるように、雅恵の服装は地味だった。いつもはマニキュアを塗りたくった凶器のような爪を見せびらかしているが、その手も黒手袋で包まれている。世間を威圧する大砲のような巨大バストも、きょうはいくぶん萎《しぼ》んでみえた。

コマシの借金の状況は聞いていた以上に厄介だったらしい。借りた相手が悪かった。バブル期のように銀行はおいそれと極道に金を貸さなくなった。そこでコマシは、上手くいけば倍返し、命に代えても元本は保証すると大風呂敷を広げて、あちこちの親分衆から一億いくらの資金を引っぱり出した。

命に代えてもという口上はまんざら嘘ではなかったらしい。親分衆のところを回る際、コマシは保険証書の束を持ち歩いていたという。複数の生保会社に散らした死亡保険金の総額は二億ほどになる。それが死んで返済するという証文のようなものだった。

投資した金をコマシは丸々失った。仕手戦に誘った連中は、実はたちの悪い詐欺師集団で、欲に目がくらんだ投資家から集めた資金を丸呑みし、知らぬ間に海外へ高飛びしたという。

親分衆からは返済を迫られた。極道は体面を重んじる。コマシ一人で損を背負うのは構わない。しかし自分たちがけちな詐欺師にまんまと金を巻き上げられたという事実は、決してあってはならないことだった。けっきょく、死んで保険で払うしかなくなったという。

「やはりあれは自殺だったのか」

おれは複雑な思いでため息を吐いた。

「あたしだってそう思ったのよ。でも警察がそうじゃない可能性があるって言ってるの」

なにかを訴えるような雅恵の目には、わずかに涙が滲んでいる。

「その犯人がおれだとも言ってなかったか」

「あんたは金にならないことはやらないわ」

雅恵は確信している様子で首を振る。人を見る目はゴリラより確かなようだ。

「あいにく育ちがよくないもんでね。で、おれになにか用事が――」

「仕事を頼まれて欲しいのよ」

唐突に雅恵が切り出した。妙な風向きになってきた。続く言葉はさらにおれを驚かせた。

「あたしは犯人を知ってるの」

それが誰なのか気にはなったが、関わりたくない気分と半々だ。

「だったら門倉に教えてやればいい」

そう受け流しても雅恵は真顔だ。

「その犯人をあんたに捕まえて欲しいのよ。警察より先に」

「捕まえてどうする」

「逃がしてやるの」

雅恵はさらりと言ってのける。応じる言葉が浮かばない。

「フィリピンでもタイでも南極でもいいから高飛びさせたいの。いずれあの人は死ぬつもりでいたんだから、殺されたといっても、自殺する手間が省けただけのことなのよ」

「しかしどうして、亭主を殺したやつに肩入れするんだ」

「犯人はあの人の実の息子なのよ。不憫《ふびん》な子でねえ――」

四十半ばを過ぎているはずだが、肉付きがいいせいか小じわが少ない。その分厚い頬に雅恵は一筋の涙を流した。


それから三十分、ボルボの助手席でたっぷり話を聞かされた。不憫な子とはコマシと前妻とのあいだにできた息子のことだった。

前妻といってもコマシがチンピラだったころの内縁の妻で、五年の懲役を食らって塀のなかにいるあいだに病死した。若い時分に同じ銀座のクラブでホステスをしていて、雅恵も生前は付き合いがあったらしい。

息子は当時三歳で、母方の実家に引き取られたが、その子が生まれたのも刑務所にいるあいだのことだった。コマシの記憶に残っていたのは、妻が面会に来たときに見た赤ん坊のときの顔だけだった。出所して妻の両親に会いに行くと、極道者に孫は渡せないとけんもほろろに追い返され、妻の墓参りさえ拒否された。略奪同然に娘を連れ去ったコマシを、妻の両親は決して許そうとはしなかったらしい。

だからといって祖父母が孫を可愛がったわけでもないという。やくざの血の入った子供が普通のやり方でまともに育つわけがない——。頑固者の祖父は勝手にそう決め込んで、躾《しつけ》と称してほとんど虐待に近い扱いをしていたらしい。

期待にたがわずというべきか、息子は十六歳のときに刃物で祖父を刺して、瀕死の重傷を負わせて少年院送りになった。息子の名前は峰田昭雄《みねたあきお》。名前はコマシが刑務所で考えたもので、姓は母親のものらしい。

その息子が突然コマシのもとを訪れたのは去年の五月のことだった。コマシは喜んだが、息子の言い分がふるっていた。この歳まで親でもない子でもない関係でやってきた。いまさら親父と呼ぶ気にはなれない。自分も道を踏み外した口だから、まっとうな人生が送れるとも思えない。だから極道として親子の杯を交わしてくれと言ったらしい。

コマシは複雑な気分だったが、雅恵とのあいだに子供はいない。血の通った息子がそばにいてくれるのはやはり嬉しいことだった。コマシ自身も猪熊の舎弟の立場だったので、親子の杯は組長と交わさせ、自分と息子は七三の兄弟杯を交わした。息子は以後、実の父のコマシを「兄《あに》さん」と呼ぶようになった。

兄弟分となった昭雄は、父親譲りの上背と若いのに度胸の据わった物腰で、不良債務者の追い込みではいい仕事ぶりをみせていたという。雅恵にしても嫌な思い出のある相手の子ではない。ときおり店に呼んでは小遣いをやったりと、彼女なりに可愛がりもしてきたらしい。

その昭雄がここ数日、妙に落ち着きがなかった。気になるので、昨夜は自宅に呼んで晩飯をご馳走したが、コマシと昭雄がいつになくぎごちない。そのうちコマシが一人で飲みに行くと言い出した。虫の居所の悪いときのいつもの癖で、そのときは雅恵もさして気にも留めなかったという。

ところが雅恵が取り込み忘れていた洗濯物をしまいに庭に出て、戻ってみると昭雄がいなくなっていた。コマシはその晩帰らなかった。そしてついさっき刑事が訪れて、雅恵はコマシの死を知らされた。

刑事は他殺の可能性をほのめかした。コマシが首を吊ったというロープを見せられたが、それは庭の物干し場で雅恵が使っていたものだった。コマシが家を出た直後には洗濯物を取り込みに行ったから確かに見ていた。そのあと昭雄が出て行った。つまり持ち出したのは昭雄の可能性が高いというわけだった。

その不憫な息子を捜す仕事を、けっきょくおれは引き受けた。一つにはどことなく引っかかる話だったから。もう一つは三百万円という成功報酬が気に入ったからだった。

警察にはまだ言っていないという雅恵の話を、おれも聞かなかったことにしておいた。それが事実で、昭雄の逃亡に手を貸したとなれば、犯人隠避の罪を被ることになる。しかし知らなければただの人捜しだ。

昨晩から昭雄はコマシの会社にも組の事務所にも顔を出さず、雅恵にも連絡はないという。殺したかどうかはともかくとして、この事件に昭雄が関わっている可能性は大だろう。間抜けなゴリラもいずれは気づく。その前に昭雄を捕まえて成功報酬の三百万円をせしめることと、自らの無実を証明するという厄介な仕事を同時に進めなければならないが、ここ最近の窮状を考えれば、少々危ない橋でも渡るしかない。

事務所へ戻ると由子が一人で萎れていた。

「ああ、所長。私、気が動転しちゃって――」

由子は半べそを掻きながら、おれからの電話のことを含め、刑事に訊かれるままに答えてしまったことを素直に詫びた。

昨年から歯医者に通っていて、きょう出かけたら月変わりで保険証の提示を求められた。事務所の机の抽斗《ひきだし》にあるのを思い出し、慌てて取りに来たという。つい情にほだされて、あんなものを目の前にして動転するなというのが無理な話だと宥《なだ》めてやった。

ドアのノブやら机の上やら抽斗やら、あちこちが指紋採取用のアルミ粉末で白くなっているが、家捜しされた形跡はない。自殺か他殺か確定できない状況で、それ以上の捜査は控えているらしい。ゴリラの事情聴取はやはり探りを入れるためのはったりだ。

「暮れに店じまいしたとき、おれは確かに鍵をかけたが、それから開けた憶えはあるか」

訊くと由子は大袈裟に首を振って否定した。

雅恵から聞いた昭雄のアパートは駅の裏手の商店と住宅がごたごた入り混じる一角にある。道が狭いうえにベンツでは少々目立つので、車は駅ビルの駐車場に乗り捨てて、十分ほどの道のりを歩いていった。鉄骨モルタル造りのアパートは、最近建ったものらしく、小綺麗で見かけもなかなかしゃれていた。

昭雄の住まいは一階の五号室で、向かって左端の角部屋だ。郵便受けにはけさの新聞が差し込まれたままだ。ドアフォンを何度も鳴らしてみたが、返事はないし人の動く気配もない。配電盤のメーターの動きは緩やかだ。せいぜい冷蔵庫が動いている程度だろう。諦めて帰りかけると、唐突に隣の部屋のドアが開いた。

「うるせえんだよ、この野郎。何度も押さなくても誰もいねえよ。壁が薄いから響くんだよ」

顔を出した若造には見覚えがあった。二年前におれの腹を刺したチンピラだ。

「富岡《とみおか》じゃないか。いつ勤めを終えた」

「な、なんだ。あんたかよ」

富岡は目を丸くして一瞬身を引いた。

「寒くなると脇腹の傷が疼くんだよ。そのたびにおまえを半殺しにしたくなる」

「済んません。若気の至りってやつです。おれだって塀のなかでは反省しましたよ。出てきたのは一月《ひとつき》ほど前で、そのうちご挨拶にとは思っていたんすよ」

舌先三寸のトレーニングは塀のなかでみっちり積んできたらしい。おれは口調を和らげた。

「隣は昨晩は帰ったか」

「さあ、ゆうべはおれも遅かったんでね。でも部屋にはいねえんでしょ。朝方出てった気配はなかったな」

「付き合いはあるのか」

「すかした野郎じゃねえから挨拶ぐらいは。コマシの兄さんの舎弟でしょ。組は違ってもヤサに帰ってまで諍《いさか》いはしませんよ。お互いプライバシーってのをわきまえてるから」

富岡が杯を受けているのは独立系の橋爪《はしづめ》組で、関西系列の猪熊一家と関東系列の山藤組とは適度な間合いをとっている。そのへんを意識しての話だろう。

「コマシは昨夜死んだよ。知らないのか」

「誰にやられたんです」

富岡はわずかに声をひそめた。

「自殺らしいな」

「怖い親分衆から追い込みを食らっていたらしいすからね。極道が借金抱えて自殺するようじゃ、この国ももう先がないっすね」

富岡はしたり顔で頷いた。妙な理屈だが、そう言われればそんな気もする。

「貸しを返す気はあるんだろうな」

軽くその目を見据えてやると、富岡は慌てて取り繕った。

「も、もちろん。機会があればいつでも一肌脱ぎますよ」

「だったら隣が帰ったら、ここに連絡を入れてくれ」

携帯の番号を名刺の裏に書いて渡し、その場を立ち去ろうとしたとき、ふと気になるものが目についた。ドアの前のコンクリートの三和土《たたき》に黒っぽいなにかが滲んでいる。サンダルか靴で踏み消したつもりのようだが、比較的新しい血痕のようだった。

「ちょっと上がらせてもらうぞ」

半開きのドアに片足を突っ込んで、富岡を狭い玄関へ突き倒す。そのままなかに押し入って、立ち上がろうとする富岡の襟首を締め上げた。

「な、なにをしやがる」

「昭雄になにをした」

「知らねえよ」

「すっとぼけるなよ、このチンピラ野郎」

ひとつ凄んでみせてから、首根っこを摑んでワンルームの室内に引きずり込んだ。ヤクザに腕力で立ち向かう人間はそうはいない。油断していた富岡はすでに気迫で負けている。

「待ってくれよ。本当になにも知らねえんだよ。組長に言われてやっただけなんだ」

「なにをやった」

「勘弁してよ。言ったら指詰《エンコ》めくらいじゃ済まねえんだから」

「貸しを返す気がないとなると、こっちもきっちり落とし前をつけなきゃな」

払い腰で床へ投げ飛ばし、腕の関節を極《き》めて力を入れた。

「いてて、ち、ちょっと待ってよ。言うよ、言うからさ、ああ、骨が折れちゃうよ」

富岡は大袈裟に悲鳴をあげる。

「言ったら外してやる」

「ひ、日の出町の倉庫にいるよ。知ってるだろ。うちの組長が持っている古倉庫だよ」

おれは極めていた腕を外して立ち上がった。

「ありがとうよ。これで貸し借りはなしということだ」

「しかし、あんた強いな」

感心したように富岡が言う。

「多少柔道の心得があってな。ヤッパやハジキを持ってない限り、おれに太刀打ちできるヤクザはこの街にはいないんだ。よく憶えとけ」

「は、はい」

裏返しになった富岡の声を背に、おれは急いで部屋をあとにした。

駅前まで走って駐車場からベンツを出して、埠頭に近い日の出町に向かった。

計画倒れに終わった工業団地の、寒々とした原っぱの一角にその倉庫はあった。老朽化していまは閉鎖されているはずだが、入り口には橋爪組の若い衆がたむろしている。

たぶん懐には危ない道具を仕込んでいる。一人で乗り込むのはいささか無謀だ。そのまま突っ切って埠頭でUターンし、市街中心部の橋爪組の事務所に乗りつけた。

「組長はいるかい」

玄関の前で煙草をふかしている三下に声をかけた。

「突然来たって駄目だよ。ちゃんとアポとってくんなきゃ」

ヤクザのくせに融通の利かない公務員のような口をきく。おれは少々声を荒らげた。

「いいから取り次げ。大事な話だ」

「だったら用件を言ってくれよ」

「組長に直接話す」

「わけのわからない話は取り次げねえよ」

三下の送る目線は自分の面子《メンツ》も立てて欲しいと言いたげだ。

「おい、所長さんに上がってもらいな」

奥で野太い声が響いた。組長の橋爪大吉《だいきち》だ。

「じゃあ、遠慮なく上がらせてもらうよ」

危ない目つきの連中のあいだをすり抜けて、案内なしに応接間へ向かった。何度か来たことがあって勝手は知っている。

「なんだい、大事な話ってのは」

右頰に刀傷のある、ヤクザを絵解きすればこうなるといったご面相の橋爪は、高そうなゴルフクラブを磨きながら、挨拶抜きで訊いてきた。おれも単刀直入に切り出した。

「峰田という若いのがお世話になっているそうで。身柄を渡してはもらえませんか」

「喋ったのは富岡の野郎か？」

橋爪は太い眉の下の鋭い目を光らせた。

「勘弁してやってください。あのときの借りを返してもらいました」

とりなすように答えると、橋爪は心配するなというように顔の前で手を振って、警戒する様子もなく訊いてきた。

「なんでそいつが欲しいんだ」

「理由は三つあります。うちの事務所でコマシが死んで、私が容疑者にされている。その嫌疑を晴らすためというのがまず一つ。組長にはいろいろお世話になっているんで、少しはお礼でもさせていただこうというのがもう一つ。最後の一つは金のためです」

「そのお世話というのが皮肉だくらいはわかっている。富岡の件じゃ迷惑をかけた」

「仕事で埋め合わせはしてもらいました」

「そう言ってもらえりゃ嬉しいが、金のためというのは」

「かみさんから身柄を確保するように頼まれています。国外へ逃がす腹のようです」

「どういう狙いなんだ」

「たぶん保険金でしょう」

「保険金か――」

　橋爪はクラブを磨く手を休めた。大いに心当たりがある様子だ。

「コマシが借金のかたに生命保険の話を持ち出したのはいつごろですか」

「去年の秋口だったな。二億くらいの保険をかけているから、万一の場合は死んで返済するとほざきやがった」

「借金を思いつく前に、そんな大枚の保険に入るとは思えません。契約したのはたぶんそのころでしょう。契約後二年以内の自殺には保険金が下りないくらいコマシも知っていたはずです。しかし昭雄がコマシを殺したとしたらどうなります」

「自殺じゃなかったのか」

　橋爪は呻いた。

「雅恵がそう言ってるんです。警察にはまだ話していないそうですが――」

橋爪がタレ込むとも思えないから、車のなかで聞いた雅恵の話を伝え、ついでに警察が注目している吉川線のことも教えてやった。

「元日に猪熊のところへ義理がけに行ったら、そこにコマシもいやがった。どこか腹を括った感じがしたんで、とんずらされたときの用心に、こっちも保険をかけたんだよ。野郎は昭雄のことを目のなかに入れても痛くないほど可愛がっていたからな」

橋爪は物を思うように視線を漂わせた。

「実の息子だって話ですが」

「知ってるよ。籍は入ってねえらしいが」

「昨晩の昭雄の様子はどうでした」

「ヤサに帰ってきたのは十二時近くで、泥酔していたらしい。うちの若い衆を痣《あざ》だらけにしたくせに、けさはそのときのことをまったく憶えていなかったそうだ」

「本当に昭雄が殺ったかどうかは別にして、自殺ということで決着するのは、雅恵にとっては困るでしょう」

「本音を言えばおれだって困る――」

苦笑いを浮かべて橋爪は続けた。

「雅恵としては、昭雄に罪を被せて、警察の手の届かないところへやっちまえばいい。つまりいちばんいいのは――」

橋爪は手で首を切る仕草をしてみせた。

「雅恵は昭雄を可愛がっていたそうですが」

「いやいや——」

橋爪は大きく首を振った。

「コマシがよくこぼしていたよ。折り合いはすこぶる悪かったらしい。そのせいでコマシと女房の仲も最近はぎすぎすしていたようだ」

雅恵から聞いた話とはだいぶ違う。

「臭うな」

橋爪は意味ありげに笑った。

「やはり臭いますかね」

おれは背筋にぞくりとするものを感じた。


悪いようにはしないからと橋爪に見得を切り、とりあえず昭雄の身柄を貰い受けた。

橋爪としては富岡の一件の借りを返すつもりもあるようだ。いずれにしてもコマシが死んだ以上、昭雄を人質に取る理由はもはやない。

橋爪組の事務所を出てすぐ、S署の刑事課に携帯を入れた。暇そうな声でゴリラが出てきた。

「なんだ、探偵か。いまどこにいるんだ」

「どこでもいい。高飛びはしないから安心しろ。コマシの入っていた生命保険については、もう調べは入れたのか」

「解剖の結果が出ねえから、まだ本格的には動けねえんだよ」

「おれのほうは見込みで容疑者に仕立てておいて、ほかのことにはお手柔らかだな。まあい い。すぐに調べてくれ。気になることがある」

「なにが気になる」

「二億円を超す生命保険をかけていたやつが、わけのわからない死に方をしたんだ。調べる気がないんなら警察手帳を返納しろ」

「二億円を超す？　知っててどうして黙ってた？」

「おれは容疑者だ。訊かれもしないことを喋る義務はない。いますぐ調べろ。契約時期と死亡保険金の額と受取人だ」

そう言い捨てて通話を切り、日の出町の倉庫へ急いだ。昭雄の身柄を引き渡すよう、子分たちには橋爪から連絡がいっているはずだ。

倉庫の前に着くと、どこか雰囲気がおかしい。三人ほどいたはずの若い衆の姿が見えない。なかに踏み込むと、閑散としたコンクリートのフロアに人が三人横たわっている。さきほど見かけた見張り番の連中のようだ。

一人は額がぱっくり裂けて、流れた血でコートが真っ赤に濡れている。もう一人は胸のあたりを両手で押さえ、蒼ざめた顔で苦しげに息をしている。あばらでも折られているらしい。別の一人はとくに外傷は見えないが、ぴくりとも動く気配がない。そのすぐそばに血のついた鉄パイプが転がっている。

「た、頼む。救急車を呼んでくれ」

額を割られた三下が喘ぎながら言った。口がきけるのはそいつだけらしい。見ると右手に拳銃がある。ただならぬ不安が胸をよぎった。

「おまえ、昭雄を撃ったのか」

男は頷いて、裏手の出入り口を指さした。そこにも一人倒れている。慌ててその傍らへ駆け寄った。ベージュのトレーナーの胸のあたりにべったりと血が滲んでいる。抱き起こすとまだかすかに息がある。

「峰田だな」

昭雄は弱々しく頷いた。おれを見上げるその瞳は、瀕死の獣のように悲しげだった。

「おまえ、親父さんを殺したのか」

昭雄は今度は首を振る。いまわの際の人間が嘘をつくとは思えない。その答えがおれにはなぜか嬉しかった。まず携帯で救急車を呼び、そのあとS署のゴリラに連絡した。

それからまもなく、昭雄はおれの腕のなかで静かに息を引きとった。

救急車がまず怪我人を運び出し、そのあとすぐにゴリラたちがパトカーで飛んで来た。

「妙な成り行きで一件落着だな」

実況見分の人の輪から抜け出して、ゴリラが脇に来て耳打ちした。おれは訊き返した。

「どういう意味だ?」

「女房の雅恵がタレ込んできた。コマシが首を吊ったロープは峰田が盗んだものだった」

してやられた。苦い怒りが込み上げた。たぶん橋爪が子分に言い含めて、昭雄を射殺させたのだ。雅恵がタレ込んだタイミングも事前の筋書きとは大違いだ。本来なら昭雄の高飛びが先決だ。これも橋爪と示し合わせたわけだろう。おれが事務所を出た直後、橋爪と雅恵のあいだにすかさずホットラインが開通したらしい。おれはゴリラの目を見据えた。

「真に受けているのか」

「有力な物証だ。そのうえ裏もある。昨夜のコマシの足取りを追っていたうちの刑事が、死亡推定時刻の少し前、飲み屋で二人が一緒にいるのを見たという証言を取ってきた」

「昭雄が死ねばすべて藪《やぶ》のなかだ。筋書きはどうにでもひねくり出せる」

「なにが言いたい」

ゴリラの顔色が変わった。

「昭雄が殺したことにしないと損する連中がいる。雅恵がその筆頭で、あとはコマシに金を貸し込んだ極道連中だ。橋爪大吉もその一人だ。この一件はそいつらがグルになって仕組んだ汚い筋書きだ」

憤りを込めて吐き捨てた。たぶんゴリラも一枚噛《か》んでいる。勢力的には弱小な橋爪組が、地場で一定の地盤を保っているのは、橋爪と警察との特殊なコネによるものなのだ。

「おまえの容疑は晴れたんだ。ここは大人しくしたほうが得策じゃねえのか」

ゴリラが思わせぶりに耳打ちする。こいつの懐にもそこそこの現金が入る仕掛けだろう。おれの頭のなかでは、逆に自殺の確信が強まった。コマシが気の毒になってきた。とばっちりで死んだ昭雄はそれ以上に哀れだった。

翌日、郵便受けに、コマシからの封書が届いていた。

消印はきのうのものだから、おとといの晩、死ぬ直前に投函したものと思われた。差出人のところには「コマシのテツ」とだけ書いてある。中身は生命保険証書三通とコマシの会社が振り出した百万円の小切手一枚。それに二枚の便箋に書かれたおれ宛ての小汚い字の手紙だった。

前略　探偵様

死に場所を貸してもらうことにした。これがあんたへの最後の嫌がらせになるはずだ。

この世にはつくづく嫌気がさした。親分衆にも愛想が尽きた。女房の雅恵は性悪女だ。どいつもこいつもおれが死ぬのを望んでいやがる。

どこで死のうかとほっつき歩くうちに、あんたの事務所へ来ちまった。鍵はかかっていなかったから、遠慮なく使わせてもらうことにした。ここがいちばん落ち着いて死ねそうな場所だった。悪気はない。勘弁してくれ。

それが一枚目の便箋の文面で、二枚目には、さらにこんなことが書かれていた。

追伸

同封した書類は舎弟の峰田昭雄に渡してくれ。雅恵を通さずに、あんたの手でじかにだ。知っているだろうが、峰田はおれの実の息子だ。なにもしてやれない馬鹿な親父の償いだと言ってやってくれ。同封の紙切れはあんたへの迷惑料だ。はした金だが受け取ってくれ。

三通の保険証書の総額は九千五百万円。どれも契約後二年以上は過ぎており、いちばん古いのが五年前だ。受取人は峰田昭雄になっている。途中で書き換えてはいない。たとえ死因が自殺であっても、昭雄が生きていれば死亡保険金が受け取れるはずのものだった。

昭雄が死んで、その分の受取人は自動的に契約者の妻の雅恵になる。しかしコマシが雅恵や極道どもにびた一文渡したくなかったことはその文面から容易に想像できた。

ゴリラが調べたコマシの生命保険の総額は、雅恵や橋爪から聞いていたより一億円近く多い三億二千五百万円。うち昭雄を受取人にした分を除いた二億三千万円は、すべて契約後一年も経っていないものだった。コマシは自殺しても支払われる分をそっくり昭雄に受け取らせ、あとは自分の死によって雲散霧消させる肚だった——。

自分を追い込んだ極道連中への復讐。実の息子の昭雄を心を開いて迎えることのなかった雅恵に対する腹いせ——。おれの事務所を死に場所に選んだのは、おれに対する怨念がまだ燻《くすぶ》っていたせいもあるだろう。すべて自分が蒔《ま》いた種で、逆恨みとしか言いようがないが、その執念深さが、良くも悪くも極道としてのコマシの真骨頂だ。

それ以上に不憫なのは昭雄だった。二十年そこそこの人生で、いいことなど一つもなかったに違いない。実の親父と過ごした最後の半年は、少しは幸せな時期といえただろうか。コマシにしてもろくでもない野郎だが、このやるせない結末を思えば、おれの恨みもあらかた消え失せた。

本文と追伸が一枚目と二枚目に分かれているのは、死を決意したコマシの不思議な直感が、きのうの事態を予期していたためでもあるかのようだった。

おれはコマシの希望をかなえてやることにした。二枚目の便箋と保険証書はシュレッダーで微塵にした。この証書の存在に雅恵はたぶん気づいていない。三年にわたって請求がなければ、請求権は自動的に消滅する。

一枚目の便箋はゴリラに渡すと握りつぶされそうだから、簡単な注釈をつけて面識のある地検の検事に書留で送りつけた。コマシの字は極端な癖字で、筆跡を鑑定すればまず間違いなく本人のものと認定される。それが自殺の決定的証拠で、雅恵が受け取れたはずの死亡保険金は、その瞬間に消えてなくなることになる。


昼飯を食ったあと、話があるからと駅前の喫茶店に雅恵を呼び出した。きょうも雅恵は黒い手袋を着けていた。

「これだけ暖房が効いているのに、よく手袋をしたままでいられるな」

「料理をしていて指を切っちゃったのよ。包帯巻いているのを人様に見せるのもみっともないから」

雅恵の声には動揺の気配がうかがえた。

「約束の三百万、いつ支払ってくれる」

訊くと雅恵は気色ばんだ。

「ちょっと待ってよ。昭雄を見つけて、私のところへ連れてきてくれるというのが条件でしょ。あんたはなにもできないで、けっきょく昭雄は死んじゃったじゃない」

「結果は同じだ。要は昭雄を犯人に仕立てたかっただけだろう。そのもくろみは成功した」

「なにが言いたいのよ」

「手袋のなかのあんたの指だよ。生爪でも剝がしているんじゃないかと思ってね――」

緊張を帯びた雅恵の顔が、いつもより一回り縮んでみえた。

「お宅の向かいの酒屋の親爺に、ゆうべ電話で探りを入れたんだよ。おとといの夜八時ごろ、旦那と派手な立ち回りを演じたらしいな。あんたの金切り声が近所に筒抜けだったそうだ。そのあと旦那が玄関から飛び出して、そのままどこかへ向かったらしい」

「そ、そりゃ、たまには夫婦喧嘩ぐらいするわよ。あの酒屋の主人は話が大袈裟なのよ」

「首を吊っていた物干し用のロープは、本当はそのときコマシが持ち出したんだろう。違うかい？」

「やっぱり自殺だって言いたいの？」

「他殺だという判断の決め手の一つは喉もとの引っ掻き傷だった。吉川線とかいうそうだが、おれが見た限り、長く伸ばした爪で引っ掻いたような、深くて鋭い傷だった。ちょうどあんたの爪みたいな」

雅恵は観念したように訊いてきた。

「要するに、三百万円で肚にしまってくれると言うわけね」

雅恵の顔色を読みながら、おれは大きく首を振った。

「きりのいいところで五百万。いますぐ現金で用意しろ」

雅恵は口惜しそうに顔を歪めながら、バッグを手にして銀行へ走った。それでも悪い取引だとは思っていないはずだった。なにしろ二億三千万の大金がいまは頭のなかで唸っているのだ。それがまもなく煙のように消えるともつゆ知らず——。


事務所へ戻ると、階段で隣の司法書士に出くわした。村上《むらかみ》というその男は興味深げに訊いてきた。

「きのうは大変なお取り込みだったようで」

「ええ、まあ」と曖昧に答えると、村上は妙な話を切り出した。コマシが死ぬ前日の晩、昨年の残り仕事を片付けていたら、薄い仕切りを隔てて男女の激しい呻き声が聞こえてきたという。

「お盛んで結構で。たまに場所を変えるのも、なかなかいい刺激になるらしいですな」

村上は思わせぶりな笑みで、うらなりのヘチマのような助平づらを崩してみせる。最後の謎が氷解した。すぐに事務所へ飛び込んで、電話番の由子をとっちめた。由子はなんなく自供した。

その日は昼間から彼氏とデートして、晩飯も済ませ、さて最後の一戦に入ろうとしたら、ラブホテルがどこも満員だったらしい。応接用のソファーをベッド代わりに一汗かいて、そのまま事務所を出たが、たぶんそのとき鍵をかけ忘れたかもしれないという。

おれはことのほか寛大だった。たかが五百万でも、雅恵から巻き上げた金は干上がった探偵には干天《かんてん》の慈雨だった。

「こんど事務所でパンツを脱いだら、彼氏ともども素っ裸で外に放り出すからそう思え」

ボリュームのある尻を思い切り引っぱたき、今回はそれで無罪放免にしてやった。

犬も歩けば

「探偵。折り入って頼みがある」

電話の向こうで山藤虎二《とらじ》が言う。おれの大事な得意先、地場の暴力団山藤組の組長。その名を聞けば泣く子も黙る山虎の声は悲しげだ。直々の電話とは異例だった。

「なにかあったんですか」

「ベルちゃんがいねえんだよ」

ベルちゃん——。頭の中で「?」と「!」がディスコダンスを踊りだす。

「もう三日も帰ってこねえ。子分どもにも捜させたんだが、近辺をいくら捜しても姿が見えねえ。どこかの悪党がさらっていったんだ。血も涙もねえ鬼のような野郎じゃねえか。ベルちゃんはなあ、おれの可愛い息子なんだよ。いや息子以上だ。ベルちゃんのためなら残りの指《エンコ》七本、すべて詰めても惜しくはねえ」

やっと思い出した。山虎の愛犬。強面《こわもて》が売り物の飼い主のほうが器量よしに見える不細工なぶち犬。命が惜しいから笑いを堪《こら》えた。

「で、私に何を?」

「捜して欲しい」

「その、ワン公を？」

「ワン公と呼ぶな。ベルちゃんと呼べ」

「はいはい、で、そのベルちゃんを私に捜せと？」

「『はい』は一回でいい。人捜しは商売だろう」

「しかし人じゃなくて――」

「おれの頼みが聞けねえってのか」

山虎に凄まれて楯突くのは脳みそのついていないやつだけだ。

「わかりました。いなくなったときの状況やら特徴やらをうかがいたいんですが」

「恩に着る。屋敷に来てくれ」

妙に殊勝だ。山虎は参っている。すぐ行くと答えて受話器を置いた。隣の机で由子が興味深げだ。

「山虎さんとこのワンちゃん？」

「知り合いか」

「家政婦さんが、毎朝、市民公園で散歩させてるの。私もうちのジェシーをあそこに連れて行くの。ベルちゃんは私にもなついてくれてるのよ」

「あの不細工で凶暴そうなのが？」

「あら、可愛いじゃない。目がちっちゃくて、離れてて、片目の周りだけ黒くて、顔が長くて、足が短くて——」

普通そういうのを不細工と言うはずだが、人間の男に限らず、由子は動物全般に優しい女だ。なにかの役に立ちそうな気がして連れて行くことにした。

道すがら由子が講義してくれた。ベルちゃんの犬種はブルテリアだという。ブルドッグとテリアの混血で闘犬用としてつくられた。陽気な性格だが気性は荒い。人には簡単に服従しない。一度嚙みついたら放さない——。

「あの顔立ちが愛嬌があるといって、夢中になるファンも多いらしいのよ」

人の主観はさまざまだ。言われてみれば憎めないところもありそうだが、できれば嚙みつかれずに仕事を済ませたい。


山虎の事務所兼邸宅は出入りの前のようにピリピリしていた。

三下が馬鹿丁寧に出迎えて、おれと由子をだだっ広い奥の間に案内する。山虎は憔悴しきっていた。

山虎は人払いして、おれと由子を革張りの応接セットへ誘った。ソファーの周りはスーパーの売り場そっくり買い占めたほどのペットフードの山。ベルちゃんの遊び道具らしいがらくたが散らばる檜《ひのき》のフローリングは、犬の爪痕で見るも無残なありさまだ。山虎はすがるような目でおれを見た。

「いなくなったのはたぶん三日前の晩だよ。塀の下にトンネルこさえて逃げ出した。頭がいいんだよ、ベルちゃんは」

山虎が代紋を担いで以来、簀巻《すま》きにされて海に放り込まれ、未だに浮いてこないのが十人はくだらないという噂がある。そんな先入観と、目の前の山虎の親馬鹿ならぬ犬馬鹿ぶりのミスマッチに頭の回線がショートする。神妙な顔をつくっておれは訊いた。

「繋《つな》いでいなかったんですか」

「馬鹿野郎。そんな可哀想なことができるかい。実際人間てのは身勝手なもんだ。ムショだって囚人を繋いだりはしねえのに、犬は繋いで飼えなんて法律つくりやがって。ベルちゃんにだけはそんな思いはさせたくねえ」

人間にもこれだけの愛情が注げたら駅前に銅像の一つも建っただろう。いないのに気づいたのは一昨日の朝で、子分を総動員して近隣一帯を捜したが見つからない。市内全域に捜索網を広げたかったが、ほかの組の縄張りに組の者を投入して諍いになっても困るので、けっきょくおれに白羽の矢が立ったという。

「保健所には問い合わせましたか」

「ああ。そっちのほうにはいなかった」

「警察に頼んでみたら?」

「あいつらに犬を捜せるわけがねえだろう。人間の殺人犯だってめったに捕まえられねえってのに」

「私も犬は専門じゃないもんで」

「腕を見込んで頼んでいるんだ。いやだというなら考えがある」

人間の探偵のほうは逃がしてくれる見込みはなさそうだ。由子は脇からしゃしゃり出て、日ごろの散歩コースやら性格やら好きな食べ物やらを、利いたふうな口ぶりで質問する。山虎は鼻白むような犬自慢を盛り込みながら糞まじめにそれに答えていく。好きなのを何枚でも持っていけと山虎が広げてみせたアルバムから、特徴の出ている写真を二、三枚、由子に見繕《みつくろ》ってもらって庭に出た。

地元でも有数の大邸宅は庭だけでも百坪はくだらない。周囲の塀は大人の背丈の倍はある。これなら組の極道連中も、刑務所の運動場の思い出にさぞや浸れることだろう。

「ここだよ、ここ」

山虎が案内したのは庭の西の一角のツツジの植え込みの奥のほう。塀の向こうは山林で、コンクリートの基礎の下をU字型にくぐる見事なトンネルが掘り抜かれていた。

「どうだい、大したもんだろう」

山虎は妙なところで自慢げだ。たしかに体高五〇センチの中型犬の仕事とは思えない。腕っ節はブルドーザー並みらしい。土が柔らかい山林側の塀を狙ったところもなかなかの知能犯だ。

ベルちゃんが穴を掘って夜遊びに出かけるのは今度だけではないらしい。ここ二カ月で四、五回あったが、いままでは朝になると自分から帰ってきたという。

「頼むよ、探偵。謝礼は弾むから」

山虎の声は哀切だ。

「しかしおたくの若い衆が総出で見つからなかったとしたら、こりゃ難題ですよ、組長」

不首尾に終わった場合の予防線として、ここは目一杯渋っておく。

「大丈夫。きっと見つかりますよ。安心してください、組長さん」

脇で由子が気楽に見得を切る。山虎をただの気のいい犬好きおじさんと勘違いしているらしい。あとで頭のねじを締めなおす必要がある。

「よろしく頼むよ、お嬢ちゃん。あんたは頼りになりそうだ。ベルちゃんもあんたになついていたと聞いている」

山虎は由子に相好を崩し、おれにはぎょろりと目を剝いた。

「見つけたら大事に扱えよ。嚙みつかれても嚙みつき返すな。おれのせがれだと思って、愛情をもって接するんだ。そうすりゃ必ず見返りがある」

そうしなかった場合の見返りのほうが恐ろしい。余計なことは言うなと由子に目配せして、そそくさと山虎に暇《いとま》を告げた。

博打の借金を踏み倒して夜逃げした豆腐屋の親爺を捜す仕事が一件、暴力団撲滅運動に血道を上げる市会議員の下ネタ探しの仕事が一件。不景気なりに仕事は動いていたが、突然ベルちゃん捜しが最優先になった。

「なにかいい知恵はないか」

けっきょく由子に頼るしかない。

「いい知恵って言ってもねえ」

由子は首をかしげる。

「当てがないなら組長の前で見得を切るな」

「私たちは探偵なんだから、まず推理してみましょうよ」

落ち着き払っているところが曲者だ。なにも考えていなかった可能性が高い。

「おれは探偵だが、お前は電話番だ」

「でも、ワンちゃんのことは私のほうが詳しいわよ」

やはり偉そうな口を利く。癪に障るが逆らいにくい状況ではある。

「車にでも轢《ひ》かれて、もうくたばってるんじゃゃないのか」

こちらの責任がいちばん軽くなる結末を考えた。

「でも組の人たちが総動員で捜したんでしょ。道路で轢かれたら死体が見つかってるわよ」

「さっきの話じゃ、そう遠くまでは捜していない。せいぜい山虎のシマの範囲だ」

「だいたいその範囲にいると思うわ」

由子は物知り顔で頷いた。

「というと――」

「ワンちゃんの縄張りは自分でマーキングできる範囲なのよ。つまり飼い主の家の周囲とふだんのお散歩のコース。そこから外へ出るのは、ワンちゃんにとっても大冒険なのよ」

「マーキング？」

「おしっこ。電信柱にかけたりするあれ」

「おれにワン公の小便の臭いを嗅いで歩けって言うのか」

「とりあえず捜索範囲を絞り込みましょうってこと。えーと、ベルちゃんのお散歩のコースは――」

由子は書棚から市街地図を取り出して、さっき山虎から聞いた散歩の経路を鉛筆で書き込んでいく。

屋敷を出て国道沿いに市民公園へ向かい、公園から住宅地を抜ける道路を通って、S川沿いの土手に向かう。その途中に由子の家がある。土手に沿って一キロほど歩いて右に折れ、また住宅地のなかの市道を通り、仲通り商店街に抜け、最初の国道に戻って屋敷に帰る。全体で五キロほどのコースだ。

「この輪のなかにワン公がいるということか」

「その可能性が高いと考えるべきね。それからワン公じゃなくてベルちゃんよ」

由子も山虎と同じ病気に罹《かか》っているらしい。

保健所に問い合わせると、S市内で登録されているブルテリアはわずかに三頭。山藤組のシマのなかでは、山虎のところのベルちゃん一匹だけだという。

どういう本を読みかじったのか、由子は自信満々で段取りを決めていく。犬捜しでも猫捜しでも基本はポスター作戦らしい。由子は小学生のような字で書きなぐった手書きのポスターを作り、舌を出してにやついているベルちゃんの写真を貼り込んで、そのコピーを山ほどとった。連絡先はおれの事務所。山虎の事務所では怖がって誰も通報してくれない。由子と手分けして、半日がかりで電柱にポスターを貼って回った。

「たぶん誰かが保護しているのよ。保健所に連れてったら、飼い主が見つからないと殺されちゃうでしょ。犬好きの人ならそんなことしないわよ」

「反応がありゃいいんだがな」

「珍しい犬だからすぐに気がつくはずよ。ただねえ、気に入った犬だと、拾い主が自分で飼っちゃうこともあるでしょう」

「山虎以外にあんなの気に入るやつがいるのか」

「ブルテリアって最近人気あるのよ。けっこう高いし」

「いくらくらいする」

「たぶん二十万円くらい」

言いながら由子は、書類棚の給与台帳に意味ありげな視線を投げた。

午後四時過ぎに電話がかかってきた。受話器を取った由子が慌てて応対した。

「仲通り商店街の乾物屋さんなの。ベルちゃんを見かけたらしいのよ」

すぐに電話を代わる。乾物屋は不機嫌だ。

「何とかしてくれよ、あのワン公。きのうの夜、うちの店から売り物のスルメを盗んでいきやがった」

「状況を詳しく」

「近くの肉屋でもウインナー一袋もってかれた。おとといは隣の八百屋がバナナ一房やられたよ。追いかけたんだけどね。逃げ足が速くて見失ったんだよ。今度来やがったら保健所送りにしてやろうと思ってたところだ」

「現れたのは何時くらい？」

「そうさね、午後九時過ぎ。通りが閑散としてきて、そろそろ店仕舞いにしようかという時刻だね。その前の晩も同じ時刻だ。あんたんとこの犬？」

「いや、人に頼まれて捜してます」

「じゃあどこの犬？」

「じつは山虎さんとこの愛犬でして」

親爺の調子が急に変わった。

「あ、ああ、そうなの。いや、怒ってるわけじゃないんだよ。たかがスルメだしさ。ただ、もうちょっと躾をしたらいいんじゃないかと思ってね。乱暴なんかしちゃいないよ。動物には愛情をもって接しなきゃいけない。それが人の道ってもんだ。とりあえずご報告というわけだよ。ああ、山虎さんにはうちの名前は出さなくていいからね」

親爺は慌てて電話を切った。事情を説明して由子に訊いた。

「今夜、仲通り商店街で見張ることにする。付き合ってくれるか」

「もちろん――」

由子は瞳を輝かす。

「残業手当はつきますよね」

「ボランティアというわけにはいかないか？」

由子は優しい笑みを浮かべて首を振った。

見張りの開始までだいぶ間があったので、由子には残業手当に加えて晩飯とビールまで振舞う羽目になった。

通報してきた乾物屋で、お詫びがてらにベルちゃんの好物のビーフジャーキーを仕入れ、午後八時過ぎから横手の路地で見張りを開始した。どう商売が成り立っているのかわからないほど閑散とした人通り。ベルちゃんが現れさえすれば見逃す心配はない。

午後八時四十分。ビールの効き目で少々眠くなったところへ、いよいよベルちゃんが登場した。周囲をきょろきょろ警戒しながら、乾物屋の隣のパン屋の店先へ向かっていく。店頭のワゴンに特価品のキャンディやらチョコレートの袋詰めが置いてある。

ベルちゃんはその一つをさりげなく咥《くわ》え、小さな睾丸を揺らしながら、もと来た道を歩き出す。店の者は気づいていない。由子に目配せしてあとを追う。商店街の途中で右に曲がり、薄暗い住宅地の路地に入る。行先は決まっているらしい。ベルちゃんは途中の電柱に興味を示すでもなく、菓子袋を咥えたままとことこ早足で歩いていく。

角を三つほど曲がって、板塀に囲まれた古びた家の前に出た。築後数十年は経つと思われるあばら家同然の家屋。周囲三方は空き地になっている。窓に明かりはついていない。

ベルちゃんは家の裏手の塀の穴から入っていく。懐中電灯を点けてのぞいてみた。庭は思いのほか手入れされていて、狭苦しい花壇には花も植えてある。空き家というわけではないらしい。

表に回ってみた。門扉は閉じている。門柱には古びた表札があって、「山《やま》田《だ》源《げん》次《じ》郎《ろう》」、「うめ」と書いてある。この家にすむ夫婦の名前らしい。呼び鈴があるので押してみた。家のなかで反応はなく、音がした様子もない。壊れているのか、誰もいないのか。門扉はなかから閂《かんぬき》がかけられている。向かいの家の呼び鈴を押してみた。

「どちらさま？」

インターフォンから四十がらみとおぼしい女の声。

「お向かいの山田さんにお届け物でうかがったんですが」

「こんな時間に？」

怪訝《けげん》そうな声が返ってくる。確かにおかしな時間ではある。そこは適当にしらばくれた。

「急な頼まれ物でして」

「変ねえ。最近、山田さん見かけないわよ」

「ご主人も奥さんも？」

「ご主人は何十年も前に亡くなっているのよ。一人暮らしだとわかると物騒だから、表札はそのままにしてるんじゃないかしら」

訊かないことまで答えてくれる。喋るのが嫌いではなさそうだ。ものはためしと突っ込んでみた。

「じゃあ奥さんはだいぶお歳で？」

「そうねえ、八十半ばくらいかしら」

「いちばん最近見かけたのは？」

「一週間くらい前だったわね。そのときはお元気そうだったけど」

「どこかへお出かけなんでしょうか」

「さあ、私もお付き合いはほとんどないのよ。ほかのお宅ともそうらしいわよ。ちょっと偏屈な性格の方でねえ」

礼を言って玄関口を離れた。ここS市のような地方都市でも、近ごろは近所づきあいがすたれているのか。偏屈な性格の山田うめさんの消息も気になった。裏手の塀の穴の前に戻って、顔なじみだという由子にワン公を呼んでもらった。

「ベルちゃん、出てらっしゃい。お姉さんのこと覚えているでしょ。お迎えにきたのよ。美味しいものがあるわよ。こっちへいらっしゃい、ベルちゃん。そこにいるんでしょ――」

飛び切りの猫なで声にもベルちゃんは反応しない。穴の向こうにビーフジャーキーを投げ入れても無駄だった。

塀を軽く押してみた。ほとんど腐った塀板の一枚が簡単に外れてなかに倒れた。

「どうするの?」

由子が心配そうに訊いてくる。

「ベルちゃんを捕まえにいく」

「よその家に勝手に入ったら警察に逮捕されるわよ」

「それより山虎の機嫌を損ねるほうが怖い」

おれは塀板のあいだから体をこじ入れた。やはり好奇心は抑えられないらしく、由子も続いて入ってきた。家は平屋でそう大きくはない。玄関の引き戸は鍵がかかっている。勝手口の扉も同様だ。

庭に面した縁側の引き戸がわずかに開いていた。覗いてみたが、人の姿もベルちゃんの姿も見えない。もうすでに住居不法侵入罪は成立している。だったら乗りかかった船だと、靴を脱いでなかに上がった。

室内に荒れた様子はない。明らかに人が住んでいて、きちんと掃除もされている。奥にもう一間あるらしい。そっと襖を開けてみた。そこは六畳の和室だった。

箪笥《たんす》の近くに痩《や》せた老婆が倒れていた。傍らにベルちゃんが寄り添っていた。

老婆の顔の近くに、チョコレートやら煎餅《せんべい》やらスルメやらウインナーソーセージやらバナナやら、ここ数日のベルちゃんの戦利品とおぼしい品々があった。そのどれにもベルちゃんが賞味した形跡はない。

死臭が漂っていた。ベルちゃんが悲しげに目を上げた。背後で由子の悲鳴が聞こえた。

「住居不法侵入罪が成立するな。あとで署に来てもらうことになる――」

S署刑事課一係の門倉――通称S署のゴリラはおれの顔を見るなりそう言った。

「ひょっとしたら容疑を殺人罪に切り替えることになるかもな」

ゴリラは第一発見者イコール第一容疑者という古典的思考をあらゆるケースに適用する。

こいつから殺人の容疑を受けるのは今度で三度目だ。

「おれが発見しなかったら、婆さんは成仏できなかったんだ。むしろ表彰ものだろう」

「そもそもなんでこんなところに来たんだ」

「犬を捜しに来たんだよ」

「犬だとぉ？」

ゴリラは鋭くいなないた。おれは経緯を説明した。みるみるうちにゴリラの顔色が変わる。遺体の状況を調べていた検視官がゴリラの傍らに歩み寄る。小声の話が漏れてくる。死後一週間、転倒による頭蓋骨折——。

「これで殺しの線は消えた。住居不法侵入の件は大目に見てやる。山虎の親分によろしくな」

恩着せがましくゴリラは言う。博打好きで福沢諭吉《ふくざわゆきち》マニアのこの男が、地場の親分衆にタマを握られているのは有名な話だ。

そのとき遺体のある六畳間で威嚇《いかく》するような犬の唸り声がした。さらに悲鳴と怒号が続く。由子が慌てて飛んでいく。騒ぎは間もなく収まった。起こったことは想像できた。

由子はベルちゃんの首輪に紐をつけて、なにごともなかったように部屋から出てきた。遺体の傍を動かないベルちゃんを、無理やりどけようとして警官一人が腕を嚙まれ、別の一人が尻を嚙まれたらしい。由子が宥めたら、ベルちゃんはすぐに落ち着いたという。

「いやあ、大したものですな」

噛みつかれずに済んだ警官が感心する。人の取柄というのは意外なところにあるものだ。

検視官は第一発見者のおれに敬意を表して、遺体の所見を教えてくれた。正確なところは解剖してみないとわからないが、死後約一週間、転んで箪笥の角に頭をぶつけ、脳内出血で死亡したらしい。

看取るものもいない独居老人の孤独な死。添い寝していたのは一匹の犬。なんとも切ない話だった。

ベルちゃんを車に乗せて、山虎の屋敷に向かった。道すがら由子が言った。

「あのお婆ちゃん、あたし知ってるわよ。ジェシーの散歩のとき市民公園でよく会うの。ベルちゃんが散歩にくる時間にいつも待っていて、ベルちゃんと楽しそうに遊んでいたもの。ベルちゃんのために特製のお手玉まで作っちゃって。ベルちゃんはお婆ちゃんが大好きだったのよ。ベルちゃんのはしゃぎようったらなかったわ。ベルちゃんはお婆ちゃんに会うために逃げ出したのよ」

「つまり、ここ最近婆さんの姿が見えないんで、ワン公は心配になって様子を見に行ったと言いたいのか」

「そうなんじゃないかしら」

「あの食い物は、婆さんに食わそうとして盗んだものだと言いたいのか」

「そうだと思うわ――」

由子は涙ぐんでいた。

「ベルちゃんには、お婆ちゃんが死んだということの意味がわからなかったのよ。なにか食べさせれば元気になると思ったのよ」

妙に得心がいく話だった。犬のことに関する限り、由子はおれの頭のなかですでに権威になりつつあった。


無事に帰ったベルちゃんを抱きしめて、山虎は随喜の涙を流した。ベルちゃんは山虎の顔を涎《よだれ》だらけにした。

「探偵、よくやった。二重のお手柄だ」

言っている意味がわからない。怪訝な思いで山虎の顔を覗き込む。

「あの因業《いんごう》婆《ばばあ》にゃ手を焼いていたんだよ」

「山田うめさんのことで？」

「ああ、一帯の土地を地上げしたのが五年前。周りの連中は始末がついたが、あの婆だけはけち臭い屋敷から離れようとしねえ。金を積んでも首を縦に振らねえ。ぼろ家に火をつけてたたき出そうとも考えたんだが、暴対法ができて世間がうるさい。おかげで大枚はたいた土地が塩漬けだ。婆がくたばりゃマンションでも建てて、いくらかは元手を回収できる」

おれが殺したわけじゃないから、二重のお手柄というのは的外れだ。それ以上に山虎の手放しの喜びようには胸の悪い思いを禁じえなかった。

「なんか面白くないわね。ベルちゃんが悪いわけじゃないんだけど」

帰りの車で由子もむくれていた。


「探偵。相談がある」

一週間ほど経ったある日の午前中、また山虎から電話があった。気の乗らない思いがつい声に出る。

「またベルちゃんがいなくなったんで？」

「そうじゃねえんだが。とにかくちょっと来てくれねえか」

困惑が声に滲んでいる。由子に留守を頼んで車を走らせた。

「あれ、なんだと思う？」

出向いたおれを山虎は庭の一角に導いた。芝生の上にベルちゃんが寝そべっていて、上目遣いにおれを見ている。どこの草むらを駆け回ってきたのか、背中や腹にびっしりヤブジラミの実がついている。

「犬ですね」

「犬と呼ぶな。ベルちゃんと呼べ。いやそうじゃない。訊きたいのはあれのことだ」

山虎はベルちゃんの鼻先にある白っ茶けたボールのようなものを指さした。

マスクメロンのLサイズくらいの大きさで、でかい穴が二つ、その下に小さい穴が二つ。さらにその下にぱっくり開いた鎌のようなかたちの空洞。その縁には歯のようなぎざぎざしたものが並んでいる。あちこち土がこびりついている。どこかから掘り出してきたものらしい。

「頭蓋骨ですね。それも人間の」

「ああ、どう考えてもな」

山虎は唸った。頭のなかで警戒信号が点《とも》る。

「警察に知らせたほうがいいでしょう。それでは私はこれで」

「そうはいかねえ。こいつはおまえの仕事だ」

山虎は有無を言わせない。しようがないから話だけは聞いてみた。

じつは昨夜もベルちゃんは家出したらしい。今度はひょっこり朝方に戻ってきて、持ち帰ったお土産を抱え込んで離さない。取り上げようとした飼い主の山虎にさえ、吼えて楯突く始末だという。

「警察なんか呼んだら、ついでにあちこち嗅ぎ回られて、見せたくないものまで見られちまう。かといっていつまでもベルちゃんの玩具にしておくのも気色が悪い」

要するにお骨の身元をおれに洗えという注文だ。厄介事がなさそうなら警察に届け出るし、厄介そうならしかるべく処分するという。処分する仕事だけは願い下げだからと念押しして、いやいや仕事を引き受けた。

身元はともかく出所についてはおおむね見当がつく。ベルちゃんのお気に入りの場所と言えばあそこしかない。まずはうめ婆さんの屋敷を調べることにした。

門扉の門はかかっていなかった。捜査の関係で警察が開けたままにしておいたらしい。玄関も窓もこの日は施錠されていた。文字通り草の根を分けて捜索したが、ベルちゃんがほじくり返した痕跡は庭じゅう探してもどこにもない。

「あんた、なにしてんの？」

疲れて一服していると、咎めるような声がした。振り向くと、紺のジャージーを着た初老の男が、訝《いぶか》しげな目でおれを見ている。とっさに言い繕った。

「生命保険会社の調査員でして」

「うめさんが保険に？　あの歳で？」

「最近はそういう商品もあるんですよ。日本も高齢化社会に入ってますから」

保険会社の外交員以外で保険商品に詳しい人間はまずいない。そう高を括って出まかせを言ってみたが、男は警戒する様子を崩さない。

「ところであなたは？」

対抗上こちらも訊いてみる。人の住んでいないはずの家にいるという点では、相手もこちらも怪しさは五分五分だ。

「あたしゃ町内会長の室伏《むろふし》だよ。空き家になっちゃって無用心だから、ときどき見回りしてるんだ。だったら受取人は娘さんかい」

苦々しげに男は答え、尊大な態度で訊き返す。うめ婆さんに娘がいるとは知らなかった。慌てて手帳をめくるふりをする。

「そうです。たしかお名前は——」

「敏子《としこ》さんだよ。結婚して姓は吉野《よしの》に変わっているけどね」

「ああ、そうです。吉野敏子さん。たしか東京に住んでらっしゃる」

「あんた本当に保険調査員？　だとしたら月給泥棒だね」

室伏の口元に冷笑が浮かぶ。疑われているのか、からかわれているのかわからない。冷や汗をかきながら突っ込んだ。

「じゃあ、娘さんはいまどこに？」

「敏ちゃんは結婚して大阪へ行ったけど、五年前に地元へ戻ってきてるんだよ。市営住宅に住んでると聞いてるよ」

間抜けな保険調査員の間抜けな質問に、室伏は哀れみの表情さえ浮かべはじめた。開き直ってさらに間抜けを演じ続ける。

「じゃあ、同居はされなかったんで？」

「孫娘がいなくなってから、うめさん、妙に依怙地になっちゃってね。娘のほうは早いところぼろ屋敷を引き払って同居しようと言ってたらしいんだが」

室伏の舌が軽くなる。猜疑心は強いが無駄話も好きらしい。

地所は借地で、地主は更地にしてマンションを建てたがっているという。地権者はサンライズ興産。山藤組の若頭の近眼のマサが社長の会社だ。背後にはもちろん山虎がいる。

「お孫さんがいなくなったというのは？」

「あの事件、知らないの？　五年前のことだよ。千佳《ちか》ちゃんていう当時十二歳の孫娘が行方不明になったんだよ。敏ちゃんの一人娘だよ。夏休みに大阪からうめさんのところへ遊びに来ていてね。神隠しに遭ったの、どこかの国に拉致《らち》されたのと、いろいろ噂が飛び交ったけど、けっきょく見つからなかった。それ以来だよ。うめさんが偏屈になって近所づきあいもしなくなったのは」

おれもようやく思い出した。一時期その事件は地元の新聞をにぎわせた。駅前でチラシを配って情報提供を呼びかける両親やボランティアの姿を見たこともある。その事件をきっかけに両親は大阪の自宅を引き払い、S市へ移ってきたという。

まだ喋りたそうな室伏に礼を言い、すぐさまサンライズ興産へ飛んだ。山田うめの名前を出しただけで、近眼のマサは防衛線を張ってきた。

「民事介入暴力《ミンボー》まがいのことはやっちゃいねえよ。立退き料もちゃんとした額を提示した。娘のほうは乗り気だったが、婆さんは断じてうんと言わねえ。痛い目に遭わされたのはこっちのほうだ」

「婆さんがあの家に執着する理由はなんだと思う」

「それがわかりゃあ、打つ手も思いついたさ」

度の強い眼鏡の奥で近眼は目をしばたたく。

「娘の敏子とは話したことあるか」

訊くと、近眼が問い返す。

「敏子の一人娘の失踪事件は知ってるな」

おれは黙って頷いた。

「あの事件があったせいで、婆さんの追いたても手控えるしかなかったわけだよ。下手に凄むと、あらぬ濡れ衣を着せられかねない——」

近眼は煙草を咥えて火を点けた。

「敏子としてはあの家にもう未練はねえ。娘のことを思い出して辛いんだそうだ。婆さんには立ち退いてもらって、一緒に暮らそうと説得していたらしい。旦那のほうも立退き料にはえらく興味がありそうだった」

心のモヤモヤがしだいにザワザワに変わりだす。

「事件は迷宮入りのようだな」

「担当がゴリラじゃ、当然の成り行きだ」

近眼はのどかに煙草の煙で輪をつくる。

「ゴリラのところへ行ってくる」

おれは立ち上がった。近眼が忠告する。

「気をつけろよ。あいつの前じゃ屁をたれただけで殺人未遂に問われかねない」


「なんでそんなことほじくり返すんだ」

ゴリラは応接室のソファーにふんぞり返って、胡散《うさん》臭げな目を向けてきた。

「まだ捜査は継続してるんだろう」

「死体が出たわけじゃねえ。殺し以外の事件《ヤマ》は優先順位が低いんだ。警察だって忙しいんだよ」

「つまり殺されるまでは警察に駆け込むなということか」

「市民の側もそのくらいの節度は持って欲しいな」

ゴリラは臆面もない。こういう警察官に給料を払うこと自体が犯罪以外のなにものでもない。ベルちゃんが拾ってきたお骨の件には触れず、山虎があの地所のからみで気にしていることがあるとだけほのめかした。ゴリラは不承不承語りだした。

「たしかに婆さん、何度も警察に押しかけてきたよ。しかしそんなこと証拠にもなにもなりゃしねえ。おれが見たとこあの婆さん、間違いなく人間だった。犬じゃねえ」

孫娘が失踪した翌日の晩、うめ婆さんはある匂いを嗅いだらしい。孫娘が気に入って、肌身離さず持っていた人形の匂いだという。

「なんだか西洋の草が詰めてあって、いい匂いのするものなんだそうだ。ポプラ人形とかいうらしい」

「ポプリ人形だろう」

「そうも言うんだろう。とにかくなにかが燃える匂いに混じって、そんな匂いが窓から入ってきたらしい——」

慌てて外に出てみたが、風のほとんどない晩で、匂いのくる方角はわからない。しかしごく近場から出ているのは確かだった。孫娘は町内のどこかにいる。うめ婆さんはそう確信した。その犯人を突き止めたい一心で、脅しにも賺《すか》しにも屈せずぼろ屋敷に執着し続けていたようだった。

「しかしなあ、探偵。その程度の話で町内の家のすべてを引っ掻き回すわけにゃいかねえんだよ。プライバシーってのがあるからな。聞き込みくらいはしてみたが、近所じゃそんな匂いがしたって話はとくに聞けなかった。気の毒だが、婆さんにゃお引き取り願うしかなかったわけだ」

「事件のあった日、娘の敏子はどこにいた？」

「大阪だよ。知らせを聞いてその日のうちに飛んできた。旦那も一緒だったはずだ」

「敏子の住所はわかるか」

「ああ、ちょっと待ってろ」

　ゴリラは刑事部屋へ戻り、住所と電話番号を書き写したメモをもってきた。ついでに勤め先の電話番号も書いてある。ゴリラにしては気が利いている。

「山虎さんによろしくな」

　メモを手渡しながら、ゴリラはまた恩着せがましく言い添えた。


　ニュータウンの市営住宅二号棟四〇二号室が吉野敏子の住まいだった。

　お骨の件で話を聞きたいとも言えないので、近眼の会社の名前を使わせてもらうことにした。

　呼び鈴を押すとインターフォンから病み上がりのような女の声が聞こえてきた。

「どなたでしょうか」

「サンライズ興産の者です。山田うめさんのご自宅の件でうかがったんですが」

「お待ちください」

　とんとん室内を走る音がして、ロックが外れ、ドアが開いた。

「お上がりください。主人もいますので」

敏子は瘦せて青白い女だった。夫は太った赤ら顔の男だった。居間には白布を張った後飾りの祭壇があり、うめ婆さんのお骨と写真と位牌が安置されていた。香典を置き、線香を上げ、合掌してから切り出した。

「相続手続きは進んでますか」

「ええ、相続人は私一人で、大した財産でもないですから」

「借地権と上屋《うわや》のことですが、すでにご提示している立退き料で放棄していただければ助かるんですが」

「ええ、それは――」

敏子は言いよどみながら夫の顔を見た。夫はやおら身を乗り出す。その息がやけに酒臭い。

「あそこは女房にも思い出のある家でねえ。ここを引き払って移ろうかと相談してたとこなんですよ。補修すればまだ持ちそうだから」

とろんとした両目に「¥」マークが並んでいる。立退き料の上積みを狙っている顔だ。

「しかしねえ。前回お話ししたときは、あの金額でご納得いただけたんじゃ」

「事情が変わったんですよ。今度は女房がうんと言わなきゃ話は進まない」

その厚かましいにやけ面を張り倒したくなったが、きょうはその用件で来たわけではない。

敏子は傍で困惑げだ。

箪笥の上に娘の写真が立ててある。その脇に何体か、黄ばんだ布製の人形が置いてある。歩み寄ってさりげなく鼻を近づけた。甘く涼しげな香りがかすかに残っていた。

「娘が好きで集めていたんですよ」

敏子が立ち上がり、いとおしむようにその一体を手にとった。声にはこれまでとは違う温もりがあった。努めて穏やかにおれは言った。

「ご同情申し上げます。元気でいられるといいんですが」

その香りを記憶にとどめながら、おれは思った。敏子のほうは信用できる。亭主のほうはぷんぷん臭う――。立退き料の件については上司と相談してみると言ってその場を辞した。


翌日、敏子の職場へ電話をかけた。

声を変え、行方不明の犬を捜していると嘘をついた。ベルちゃんの特徴を教え、うめ婆さんの屋敷の近くで見かけたという情報があった、心当たりはないかと訊いてみた。今度はなかなか興味深い話が聞けた。

さらに懇意にしている情報提供者のところを一渡り回った。ここでも耳寄りな話が聞けた。それは敏子の亭主の隆生《たかお》に関する噂だった。

その夜、おれは小さな窃盗を働いて、盗品を街のあちこちに隠しておいた。次の日の夕方、由子を伴って山虎の屋敷に赴いた。

「組長。ベルちゃんをちょっと貸してもらえませんか」

「なんでだ？」

山虎は目を剝いた。

「ベルちゃんの優秀な頭脳が事件解決に役立ちそうなんで」

「詳しく話せ」

耳打ちすると、山虎はえらく興味を示した。

「いじめやがったら、腕の一本や二本じゃ済まねえぞ」

心配顔の山虎からベルちゃんを借り受けて、市民公園へ車を走らせた。ベルちゃんは後部座席から身を乗り出して、おれと由子の顔を舐め回す。向こうはおれを気に入っているらしいが、こちらはまだそれほどでもない。

市民公園の入り口でベルちゃんを放す。ベルちゃんは嬉しそうに夜の公園に駆け込んだ。

「なにを考えているの」

由子はいかにも不審顔だ。

「いまにわかるさ」

おれはとりあえずしらばくれた。そろそろ由子に対しても探偵としての面子《メンツ》を立て直す頃合いだ。

今度はうめ婆さんの屋敷へ向かう。玄関の錠は昨晩おれがこじ開けておいた。由子はいよいよ眉をひそめたが、好奇心には勝てずについてくる。

うめ婆さんが死んでいた部屋はひんやりとした闇に包まれていた。外に光が漏れないように畳の上に懐中電灯を置いて、バッグから缶ビールとつまみを取り出した。

「一体どういうことなのよ」

眉間にしわを寄せながら、由子は手渡した缶ビールを受けとった。

「もうじきわかる」

おれは笑ってプルタブを起こした。

ビールを一缶飲み終えるころ、玄関のほうで物音がした。由子が驚いて飛び上がる。引き戸を引っかくような音。続いて板の間を踏むとことこという足音──。

襖を開けるとベルちゃんが飛び込んできた。口になにかを咥えている。ベルちゃんはそれを自慢げに見せびらかす。

「そいつを受けとって、褒めてやってくれ」

由子が差し出した掌に、ベルちゃんは咥えていたものをぽとりと落とした。由子はベルちゃんを撫で回す。

「まあ、ベルちゃん。ありがとう。お姉さんにお土産もってきてくれたのね。うーん、いい子、いい子──」

血縁関係でもあるかのように由子と犬の会話には違和感がない。ベルちゃんは激しく尻尾を振り回し、由子の顔を舐めたいだけ舐めて、再び勇んで飛び出していく。

「これ、ひょっとして」

ベルちゃんのお土産に由子が声を上げた。

「このあいだおまえが言っていた、うめ婆さんが市民公園でベルちゃんを遊ばせていた品物だ。婆さん手作りのお手玉だよ」

由子はますます混乱した様子だ。

「どういうことなの。説明してよ」

答える代わりにまた缶ビールを取り出して、一本を由子に手渡した。二本目のビールが空いたころ、ベルちゃんがまた元気に駆け込んできた。今度もお手玉を咥えている。由子がベルちゃんを褒めてやる。ベルちゃんはまた飛び出していく。さらにもう一回、同様のことが繰り返された。由子はいよいよ焦《じ》れてきた。

「つまり、要するに、どういうことなの？」

「そのお土産の匂いを嗅いでみろ」

由子はお手玉に鼻を近づけて、すぐに驚きの声を上げた。

「これ、ポプリの匂いじゃない」

「孫娘のポプリ人形と一緒に箪笥のなかに入れてあった。それで匂いが移ったんだろう。そのお手玉で遊んでいるうちにベルちゃんは匂いを覚えた。ある日婆さんがそれをどこかに置き忘れた。ベルちゃんが見つけて届けにきた。婆さんは大喜びしてベルちゃんを褒めてやった。ベルちゃんにとってはそれが楽しいゲームになった。ベルちゃんがときどき夜逃げをしたのはたぶんそのためだ」

「それって、所長が推理したの？」

由子は口をあんぐり開けた。おれは正直に首を振った。

「婆さんの娘の敏子から聞いたんだ。婆さんは外出したときわざとお手玉を隠しておいて、ベルちゃんが見つけてくるのを楽しみにしていたらしい」

続けて、失踪した婆さんの孫娘の話、ゴリラから聞いたポプリ人形の話、婆さんが嗅いだというポプリの匂いの話を聞かせてやった。

「じゃあ、このお手玉は？」

由子はまだ呑み込めないらしい。

「昨夜ここから盗み出して、ベルちゃんの縄張りのあちこちに隠しておいた」

「どういうつもりなの？」

思わせぶりにおれは答えた。

「こんどベルちゃんが持ってくるものが、たぶん決定的証拠になる」

「決定的証拠？　なんの？」

「殺人のさ」

由子の目がビー玉のように丸くなる。

玄関でまた物音がした。ベルちゃんだ。隠したお手玉は全部で三個。四個めのお土産に期待をかけた。

ベルちゃんが部屋に駆け込んでくる。咥えてきたお土産を由子が受けとる。悲鳴のような声が上がった。

「な、なによこれ？」

由子の手からそれをつまみ上げ、懐中電灯の光を当ててみる。泥のついた白っ茶けた棒のようなもの。人間のどこかの骨であるのは間違いない。婆さんの簞笥のなかに茶壺があって、そこにも似たようなものが入れてあった。

ベルちゃんがおれに抱きついてくる。前足は泥だらけ。背中や腹をまさぐると、細かい粒々がついている。懐中電灯で照らしてみた。由子が覗き込んで訊いてくる。

「なんなの、それ？」

「ヤブジラミの実だよ。草むらを歩いていると衣服にくっついてとれなくなるやつ」

「さっきはそんなのなかったわよ。どこでつけてきたのかしら」

由子はしきりに首をかしげる。おれにとっては薄気味悪いくらい予想通りの結果だった。

ゴリラに手柄をくれてやるのは癪だったが、ここから先は探偵の手には負えない。

証拠の品を携えて、翌日ゴリラのところへ出向いていった。ベルちゃんが咥えてきた骨片、山虎から借りたベルちゃんお気に入りの頭蓋骨、うめ婆さんの手作りのお手玉、ベルちゃんの体についていたヤブジラミの実。

事実と推理をとり混ぜて話してやった。ポプリの匂いへのベルちゃんの反応。最近まで繰り返されていた婆さんとベルちゃんの宝捜しゲーム。そのゲームのなかでベルちゃんが見つけてくる人のものとおぼしい骨の話。

加えて婆さんの屋敷で出っくわした町内会長の室伏の印象。そんなところにおれがいたのも不審だろうが、町内会長がわざわざ空き家を見回るというのもおかしな話だ。妙に警戒心をみせながら、こちらの知らないことまでぺらぺら喋った。その辺のちぐはぐな挙動にも、なにやら裏がありそうだった。

あのあとおれは町内の家の庭を覗いて回った。室伏の家はうめ婆さんの家の二軒斜向《はすむ》かい。手入れの悪い庭の片隅にはヤブジラミが密生していた。庭に雑草を生え放題にしている家は室伏宅以外に見当たらなかった。

ついでに懇意にしている飲み屋の親爺から聞いた話。ほぼ月に一遍、室伏はその店で、吉野敏子の亭主の隆生と会っている――。

そこまでヒントを与えると、さすがのゴリラも速やかに動き出した。事務所に戻って待っていると、午後になってゴリラはわざわざ出向いてきた。発情期のように興奮していた。

「室伏の家の裏庭から人骨が出た。着衣は吉野千佳が失踪したときと同じものだった。業務上過失致死と死体遺棄の容疑で室伏を緊急逮捕した――」

遺体が出てしまえば観念するしかない。室伏はあっさり自供したらしい。

その日たまたま出かけようとしていた室伏は、ろくに確認もしないで車を路上に乗り出した。その前を婆さんの孫娘の千佳が横切った。軽く引っかけただけだったが、弾みで娘は門柱の角に頭をぶつけた。当たりどころが悪かったらしく、娘は頭から血を流し、その場でまもなく息絶えた。

周囲に人の気配はなかった。室伏は遺体を家に運び込んだ。ホースを引っ張りだして路上の血痕を洗い流した。娘の遺体は裏庭の草むらに埋めた。そのあと室伏は娘が持っていた人形を埋め忘れたのに気づいて、ごみと一緒に庭で燃やした。うめ婆さんが嗅いだ匂いは、たぶんそのときに出たものだろう。

犬の嗅覚は人間の百万倍といわれる。吉野千佳が肌身離さず持ち歩いていたポプリ人形の残り香は、彼女の衣服にも染みついていた。土中の遺体から漏れ出るその匂いをベルちゃんは敏感に嗅ぎつけた。うめ婆さんに喜んで貰えると思って、骨を掘り出しては運んでいたのだろう。

うめ婆さんはその骨を見て、孫娘のものだと直感したのかもしれない。あと一歩というところまで室伏に肉薄していたのかもしれない。

「敏子の亭主の隆生も逮捕した。やはり室伏を強請《ゆす》っていたらしい」

ゴリラはほくほく顔でつけ加えた。博打好きで身持ちの悪い吉野隆生は、婆さんが孫娘を可愛がるのをいいことに、娘の教育費という口実でしばしば金を無心していた。その日も大阪から娘を迎えにきて、ついでに金をせびろうと婆さんの家に向かっていたという。

そのとき隆生は事件を目撃した。遠目だったので被害者が自分の娘だとは気づかなかった。資産持ちだという噂の室伏をあとで強請ろうという目算で、警察には通報しなかった。

孫がいないとうめ婆さんが騒ぎ立て、やっと事態に気づいたが、作戦を変える気は毛頭なかった。娘はすでに死んでいる。半端な示談金をもらうより、室伏を生涯にわたって強請り続けるほうが儲けは大きい――。おかげで室伏は市内に持っていた少なからぬ地所を、次々手放す羽目になったらしい。

「いやはや、金に汚ねえ野郎だよ」

ゴリラは自分のことを棚にあげた。おれのほうはとりあえずこれで一件落着で、なんとか山虎にも顔が立つ。

「ところで探偵、謎が一つある」

突然ゴリラが真顔で訊いてくる。

「婆さんの孫娘、首が二つあるとは聞いていなかったか？」

おれは二の句が継げなかった。

掘り出した遺体にはたしかに首があったとゴリラは言う。それではベルちゃんが見つけてきた頭蓋骨はだれのものだ？　おれの灰色の脳細胞は摂氏百度にヒートアップした。

うめ婆さんの屋敷の庭をもう一度探してみた。縁の下にも潜り込んだ。土まみれになり、埃まみれになり、蜘蛛の巣まみれになったが、ベルちゃんがほじくり返した跡はどこにも見当たらない。

屋敷の三方を囲むだだっ広い空き地にまで捜索範囲を広げてみた。すでに山虎が地上げを済ませている土地だった。石ころをどかし、草の根を掻きわけた。モグラの穴まで覗き込んだ。

太陽が西に傾きかけるころ、ついに見つけた。空き地の東側の一角の密集した雑草のあいだに土を掘り起こした跡がある。粘土質の土にベルちゃんのものとおぼしい無数の爪痕が残っている。おれのズボンにはヤブジラミの実がたっぷりついていた。

近くに転がっていた棒切れでさらに掘り起こす。肋骨が出てきた。背骨が出てきた。腰骨が出てきた。大腿骨が出てきた。首はなかった。

携帯電話で警察に連絡を入れると、鑑識を引き連れてすぐにゴリラが飛んできた。

翌々日、ゴリラは事務所にやってきた。

「空き地にあったあの骨だがな――」

話を聞いておれの頭は真空になった。炭素14法という年代測定法で調べた結果、縄文時代の人骨だったという。ベルちゃんが見つけた頭蓋骨も骨片も、どれも同じ遺体のものだった。

昨年、隣の市で縄文時代の遺跡が見つかり、いまではちょっとした観光地になっている。負けてはならじとS市の市役所も遺跡探索チームをつくり、市長がじきじき発破をかけていたという。ベルちゃんはポプリの匂いとは関係なく、たまたま貴重なお宝を発見してしまったことになる。報告を聞いて市長は舞い上がっているらしい。

それが事件の解明に結びついたのは怪我の功名というしかない。そして手柄はゴリラのものになった。おれにしてみれば金にもならない仕事だったが、うめ婆さんはこれで思い残すことなく成仏できるだろう。探偵だってときにはボランティアをすることもある。

小一時間して山虎から電話が入った。ご機嫌は斜めどころか天地が逆だった。

「探偵。おかしなものをほじくり出しやがったな。教育委員会から連絡があった。文化財保護条例で、あの土地は向こう一年、発掘調査の対象になるんだとよ。せっかくマンションが建てられると喜んでいたのに、また当分のあいだ塩漬けだ。この落とし前はきちんとつけてやるから、首根っこ洗って待っていろ」

怒れる山虎の声には凄みがあった。おれの睾丸はアーモンド大に縮み上がった。いくらなんでもこっちは堅気だ。指を詰めろとまでは言い出さないだろうが、山藤組からの仕事はばっさり削られることだろう。先々の暮らし向きを思い戦々恐々としていると、翌日また山虎から電話があった。

「探偵、よくやってくれたな。恩に着る」

打って変わって上機嫌だ。慈愛に満ちた山虎のだみ声が空洞と化した頭のなかで谺《こだま》する。

「いやいや感謝の言葉もねえ。市長がじきじき出向いてきてな。あの土地を市が買い上げて遺跡公園にしたいそうなんだ。この不景気にしちゃ買値も悪くねえ。いまどきマンション建てたって元手を取り返すのは大変だ。こいつは願ってもねえ儲け話だ。見返りはちゃんと考えるから大いに期待していてくれ」

命を拾った思いがした。その晩、由子と焼き鳥屋で祝杯をあげた。ベルちゃんと山虎に散々引きずり回されて、おれの神経はすでにぼろぼろに擦り切れていた。

幽霊同窓会

山藤組の若頭、近眼のマサが消息を絶って三日経つ。愛犬ベルちゃんの失踪のときほどではないが、組長の山藤虎二も心配しだして、わざわざ電話をかけてきた。

「猪熊一家とも橋爪組とも剣呑《けんのん》な諍いはねえんだよ。思い当たることはねえのか、探偵？」

ないというわけではないのだが、言えば山虎の機嫌を損じる。もしそれが原因だとしても、いまに始まった話ではない。果たして今回の失踪と結びつくのか。

「夢子《ゆめこ》とマサはうまくいっていたのか」

こちらの考えが電話線を通って漏れ出したように、向こうから危険な話題に触れてきた。名前は妙にロマンチックだが、マサにとっては人生の夢の破壊者だ。夢子はマサの女房で、山虎の姪に当たる。気性の荒さは山虎譲りで、器量も山虎似だと評判だ（山虎はイースター島のモアイに似ていると評判だ）。

「きのう事務所へ来ましたよ。えらく心配してました」

地雷を踏まないように目いっぱい穏便に表現したが、真実は米軍の先制攻撃を受けたバグダッドの惨状だった。

きのうの昼どき、前触れもなく事務所に来るなり、濃い口紅をぬたくった夢子の砲口が火を噴いた。

「あんた、隠してるんでしょう。どこにいるのよ、うちの宿六《やどろく》？」

「ここ一週間は会っていない。電話で話もしていない。駆け落ちするほどの仲でもない」

「伯父貴も知らないって言うのよ。組の若い衆も、きのうの夜から姿を見ていないというの。怪しいのはあんたしかいないでしょ」

隈取りのようなアイラインを引いた目から、夢子は疑惑の殺人光線を照射する。

「だからって、なんでおれが隠していることになるんだよ」

「あんたは、お金になればなんでもやるわよ」

「命と引き換えにならない範囲でな。山虎さんの逆鱗《げきりん》に触れるようなことは、金を積まれてもやらないことに決めている。それよりほかの組の連中に殺《や》られただとか、車に轢かれただとか、下水に落ちて溺れただとかの心配はしないのか」

「死んじまったんならかまわないのよ。でもあたしを捨ててほかの女に走るのは許せない」

そんなそら恐ろしいことをあの近眼がするとも思えない。大学卒のインテリヤクザで、腕っ節のほうはからきし弱く、知能指数だけでのし上がった。武闘派で鳴らした山藤組が経済ヤクザに衣替えし、暴対法の埒外《らちがい》のしのぎに手を伸ばせたのにも近眼の寄与は大きかった。

知能より豪腕が売り物の山虎が、その脳味噌を破格の値段で買いとった。跡目を継ぐのは近眼だと衆目は一致している。しかし話はそこで終わらない。子供のいない山虎が、目のなかに入れても痛くないのが姪の夢子で、それを嫁にと無理強いした。むろん断れば角が立つ。それも半端な角じゃない。S川の河口に水死体になって浮くのは嫌だから、けっきょく近眼は受け容れた。

「家出だとしたら、ほかに理由があるはずだ。あんたを捨ててほかの女に走るなんて、そんな命知らずな――、いや人でなしなことができるわけがない」

おれはとりあえず近眼をかばったが、夢子の鼻息の前では台風の日の折りたたみ傘ほどの効果もない。

「あんた、あの人の友だちなんだから、少しは親身に捜しなさいよ。あの人が道を踏み外すようなことがあったら、すべてあんたの責任よ。伯父貴だって黙っちゃいないわよ」

近眼のお守り役じゃないと言い返そうとしたが、化粧の濃すぎる女モアイは耳を貸す気配などさらさら見せず、言いたいだけ言って旋風のように立ち去った――。

「夢子は女ができたと疑っているらしい」

電話の向こうで山虎の声に凄みが加わった。

「とっ捕まえて訊いてみましょう」

「当てはあるのか」

「ワン公のときより見込みがありそうです」

「ワン公じゃない。ベルちゃんだ。見つけたらまずおれのところへしょっぴいて来い」

「手荒なことはしないでください」

「可愛い姪の婿殿だ。殺すような真似をするわけねえだろう」

こちらはそこまで言っていない。山虎は問答無用で電話を切った。

さて、どうしたものかと思案した。夢子から正式に調査を依頼されたわけじゃない。見つけないとろくでもないことが起きると脅されただけだ。山虎も言外の圧力をかけてきたが、近眼の失踪の動機については同情できないわけじゃない。せっかくだからもうしばらく羽根を伸ばさせてやりたい気もする。近眼だって子供じゃないし、こちらもボランティアばかりやってはいられない。

「近眼さんなら、きのう見かけたわよ」

由子が向かいの机から身を乗り出した。また余計な場面でしゃしゃり出る。舌打ちしながら訊き返した。

「どこで？」

「仲通り商店街裏のラブホテル」

「お前どうしてそんなところにいた？」

由子はムフフと笑って誤魔化した。頭の悪いボーイフレンドとの逢瀬に、事務所を使わないくらいの節度は身についたらしい。

「近眼は誰とそこにいた？」

「見かけたのは近眼さんだけなのよ。私の顔をちらっと見たけど、知らないふりして部屋に入っちゃった」

目撃者が出てしまっては仕方がない。黙っていろと言ったところで、由子の口にチャックはついていない。夢子や山虎にあらぬことを喋られる前に、近眼を捕まえて善後策を講じる必要がある。やむなく由子を伴ってラブホテル「リビエラ」に向かった。


「近眼のマサがきのう泊まったそうだが」

訊くと受付の婆さんは上目遣いにおれを見た。

「プライバシーってものがあるからね」

言いながら差し出した掌が上を向く。

「泊まったのは知ってるんだよ。証人がいる」

おれは傍らの由子を目顔で示した。由子がぺこりとお辞儀をする。日ごろから世話になっている様子が窺える。

「聞きたいのは、そのあとどこへ行ったかだろ？」

婆さんは訳知り顔で問いかける。

「誰と一緒にいたかもだ」

掌に千円札を二枚載せてやる。婆さんは鼻でせせら笑う。しようがないからもう二枚。婆さんはまだ納得しない。千円札四枚を取り返し、代わりに万札を一枚置くと、婆さんはやっとしぶしぶ頷いて、お義理程度に声を低めた。

「きのうから部屋に籠りっきりだよ」

「だったら最初にそう言え。一緒にいるのは誰なんだ?」

「連れはいないよ。一人だよ。なんだか気持ち悪くてね。ここにいることは誰にも言うなと頼まれてさ」

「金をもらったのか?」

婆さんはしまったという顔をした。

「二重取りは虫がよすぎるな」

まだ広げっぱなしの掌から素早く万札を回収し、階段を三階まで駆け上がる。昨夜目撃した由子の記憶では、階段を昇って右手の部屋だった。ルームナンバーは三〇三——。

ドアを叩いた。返事がない。

「近眼。おれだ。開けてくれ」

怒鳴ってみてもやはり返事はない。ドアに耳を当ててみる。人がいそうな気配はない。

「本当にこの部屋だったのか」

「絶対間違いないわよ。ここ、私のお気に入りの部屋なのよ」

由子は大いに自信ありげだ。おれのほうはなんとなく神経がざわついた。

「婆さんを呼んできてくれ。部屋を開けさせるんだ」

「ただじゃ無理だと思うんだけど」

いったん取り戻した万札をまた持たせてやった。ぶつくさ言う婆さんを上手におだてながら、由子はすぐに戻ってきた。婆さんにマスターキーでドアを開けさせ、二人は廊下に残しておいて、まずは一人で踏み込んだ。

壁紙からカーテンからベッドから冷蔵庫からテレビからスリッパからすべてピンクずくめの室内の、ピンクのカーペットの上に仰向けに横たわる男が一人。近眼とは別人で、額の真ん中に穴が開いている。

頸動脈に手を触れてみる。拍動はない。肌は冷たい。掛け値なしの死体で、その上どう見ても他殺体。背後で由子の悲鳴がたっぷり十秒。婆さんは傍らで腰を抜かした。だから入ってくるなと言ったのに――。

婆さんには見なかったことにしろと言い含め、婆さんはその注文に五万円の値をつけた。おれはなけなしの財布をはたいた。背に腹は替えられない。

近眼が殺ったとは思えない。牛乳瓶の底のような近眼の眼鏡は伊達じゃない。まだ三下だつたころ、ライバルの猪熊一家との抗争で組の事務所が襲撃された。近眼は短銃で応戦したが、命中したのは組長の山虎の尻だった。

目をかけられていたせいで指一本詰めるだけで赦免されたが、以後、山虎は近眼が銃を持つことを厳禁した。額の真ん中を一発で撃ち抜くような気の利いた芸当が、あの近眼に出来るわけがない。

ベッド脇の小机にはビールの空き缶やらコンビニ弁当やらを食べ散らかした跡がある。近眼の籠城の名残だろう。ほかに遺留物は見つからない。

ベランダ側の大窓が開いている。外に出てみると、手すりの脇に地上へ続く排水管があり、絡んだ蔦《つた》が乱れている。近眼はそこを伝って逃げたらしい。なにがあったか知らないが、逃げたということは、部屋の死体と浅からぬ因縁があるということだ。近眼を弁護する根拠もこうなるとやや薄弱だ。

いずれにせよ近眼を捕まえるのが先決だ。警察に届け出れば刑事課のゴリラがしゃしゃり出る。その前に本人から話を聞かないと、ゴリラの思惑捜査の餌食《えじき》になるだけだ。

銃弾は男の頭を貫通していた。しかし室内には銃弾も弾痕も見つからない。男が倒れていたカーペットにはわずかな血痕もついていない。つまり殺されたのはどこかほかの場所で、わざわざ誰かが運んできたか、あるいは自分で歩いてきたかだろう。

死体の着衣を検《あらた》めてみたが、身元を示すものはなにもない。年齢は四十前後。髪型は角刈り、左手小指が第一関節まで欠けている。乱れたシャツの襟元からは、豪勢な倶利迦羅紋紋《くりからもんもん》（総刺青）が覗いている。近眼とは同業筋に当たるようだ。S市近辺の極道の顔ならおれも一通りは知っているが、死んでいる男の顔はついぞ見かけない。

いいと言うまで警察にも誰にも黙っていろと婆さんにもう一度念を押し、由子とともにホテルを出た。婆さんの口は当てにはならないし、死体が腐って臭い出したら、もうそれ以上は放っておけない。そのときはゴリラに通報するしかないだろう。

近眼の会社へ寄ってみた。子飼いの若い衆が手持ち無沙汰にしている。

「ボスがいなくなったというのに、ずいぶんのんびりしたもんだな」

「組の若頭が家出したなんて、みっともねえから騒ぎまわるなと組長に言われてるんですよ。あんたがそのうち見つけるだろうって」

やはりただで使おうという魂胆だ。あの訳のわからないホトケを見た以上、こちらにしても引くに引けない。

「ただの家出じゃなさそうだ。近眼の知人に、左手の小指の欠けた倶利迦羅紋紋はいるか」

「百人以上はいるでしょう」

若い衆はしらっと答える。たしかに意味のない質問だった。

「S市の界隈のやつじゃない。おれも初めて見た顔だ」

「兄貴は五年ほど臭い飯を食ったことがあるでしょう。そんときの同窓生かもしれません。そういや四日前の昼飯時にも、それらしいのが来ましたっけ」

「いなくなる前日じゃないか。なんて野郎だ」

「名前は知りません。兄貴と連れ立ってどこかへ飯を食いに出かけましたよ。そのときは二時間ほどで帰って来ましたけど」

「強請《ゆす》られているような様子はなかったか」

「そんな風には見えませんでしたよ。なんか懐かしそうにしてましたけど」

手がかりと言えば言えなくもないが、近眼の居場所とは結びつかない。出かけた店がどこかは知らないと若い衆は言う。いつもなら用心棒の三下を引き連れて歩く近眼が、珍しくその日は人を遠ざけたらしい。行きつけの店をしらみつぶしに回るしかなさそうだ。

「なんだか大変な事件になってきたわね」

由子はどこか楽しそうだが、おれにしてみれば商売にならない厄介事だ。早いとこ近眼を捜し出し、罪を犯したのなら自首させて、こちらはお役御免と願いたい。あとは盆暮れに面会に行くくらいで義理は済む。

近眼が立ち寄りそうな店を思いつくまま回ってみたが、けっきょく足を棒にしただけだった。黄昏《たそがれ》が迫っていた。きょうは一日蒸し暑かった。臭いが出はじめても困るので、リビエラに戻って死体と再会することにした。室内をさらに念入りに検めて、目新しい発見がなければ警察に通報するしかない。

もう一度部屋を見せろと言うと、婆さんは追加料金を要求した。警察にあらぬことを喋られても困るから、口裏合わせの料金と込みで三万円で手を打った。予期せぬ福沢諭吉の大脱走。請求したって夢子が払うはずがない。山虎にしても同様だろう。なんとか近眼を捕まえない限り、自腹を切るしかない金だ。

婆さんと一緒にエレベーターで三階へ向かい、三〇三号室の前に立つ。エアコンが効いているせいか、まだ嫌な臭いはしてこない。婆さんが錠を開ける。ロックが外れる音に続いて、聞き覚えのある声がした。

「誰だ？」

婆さんはあんぐり口を開け、由子は顔じゅう目玉になった。狐につままれた思いでドアを開けた。床の死体は消えていた。ベッドの上にバスローブ姿の近眼がいた。

「どういうことか説明してもらおう」

おれは近眼に問い質した。

「どういうことって、どういうことだ」

近眼はどうも要領を得ない。

「あの小指を詰めた倶利迦羅紋紋だよ。いったいどこへ片づけた」

「野郎、やっぱり出やがったか」

「出やがった？」

今度はおれのほうが要領を得ない。

「額に穴が開いてなかったか」

問いかける近眼の顔は蒼ざめている。

「ど真ん中にな。撃ったのがあんたなら万に一つのまぐれだろうし、そうじゃなければ腕はオリンピックの射撃選手並みだ」

「野郎は死んでるはずなんだ」

たちの悪い風邪に罹ったように近眼はぞくりと体を震わせる。こちらは風邪でもないのに頭痛がしてきた。

「脳味噌にトンネルが開通すれば、誰だって普通は死ぬだろう。おれが見た限りでも、間違いなくあいつは死んでいた」

「違うんだよ。死んだのは一年前の話だよ」

近眼は苛立ちを滲ませる。ますます意味がわからない。そんなに日持ちのする死体があるとは思えない。若い衆の話とも食い違う。

「四日前に一緒に飯を食ったそうだな」

「そんときは知らなかったんだよ。あいつが死んでるなんて」

近眼は怯えきった様子で胸元に毛布を引き寄せる。おれは思わず呟いた。

「つまりあいつは幽霊だってか？」

由子が腕にしがみつく。婆さんは念仏を唱え出す。おれの背筋にも悪寒が走る。近眼は幽霊との馴《な》れ初《そ》めを語りはじめた。


若い衆が睨んだ通り、あの倶利迦羅紋紋は近眼の刑務所時代の知り合いだった。私文書偽造と恐喝で五年の実刑を食らった近眼は、収監された刑務所でそいつと出会って馬が合い、義兄弟の契りを交わしたらしい。

男の名前は立石金吾《たていしきんご》。商売は当たり屋で、詐欺と恐喝の重犯で八年の懲役を食らっていたという。太っ腹で面倒見がよく、世渡りの才にも長《た》けていた。刑務官も一目置いていて、立石のいる房はつねに優良房の指定を受け、待遇は所内随一で、同房の入所者同士の諍いもほとんど起きなかったらしい。

その立石には珍しい特技があった。若いころヨーガに凝ったことがあり、インドまで出かけて奥義をマスターしたという。特殊な呼吸法と瞑想法の組み合わせで、体温や心肺機能を自由にコントロールできるというのだ。その奥義がのちの職業に役立った。

やがて博打に入れ込んで、金に窮した立石は、極道仲間と組んで当たり屋稼業に乗り出した。目星をつけた会社役員や地方政治家の車に怪我をしない程度に接触し、得意のヨーガで仮死状態を演じて見せる。すかさず相棒がしゃしゃり出て、その場で示談に持ち込むのだ。相手の目にはどう見ても死んだように映っているから、破格の示談金にも乗ってくる。

ところが図に乗って犯行を重ねるうちに、馬鹿正直な市会議員に当たってしまう。一一九番に通報されてＩＣＵに担ぎ込まれた。いかにヨーガの極意とはいえ、心停止に堪えられる時間はそう長くはない。このままでは死んでしまうと慌てて生き返ったところで化けの皮が剝がれた。

心停止に至るような外傷はなく、突然の回復も医学の常識を超えていた。事故直後に相棒が切り出したという示談の話を聞くに及んで、怪しいと睨んだ医者が警察に通報した。余罪が次々に明るみに出て、不死身の立石も年貢の納めどきとなった——。

「だったらあいつはこの部屋で、死んだふりをしていたというわけか」

まだ整理のつかない頭でおれは問いかけた。

「だから言ってるだろう。野郎は本当に死んだんだ。頭を銃で撃ち抜かれて」

「それが一年前だと言いたいのか」

「四日前に訪ねてきたときはおれも知らなかった。足を洗って堅気になったと言っていた。そのときは思い出話をしただけだった。ところがその晩、別の刑務所仲間から電話がきたんだ。立石が立ち寄らなかったかと訊いてくるから、昼に会ったと答えたら、そいつがとんでもないことを喋りだした」

　その三日ほど前、男の家にも立石は現れた。男はその日外出していて、応対したのは息子だった。立石が訪ねてきたと聞かされて、男は思わず怖気《おぞけ》立った。近眼は立石とは音信が途絶えていたが、男は出所後も付き合いがあり、立石が死んだことを知っていた。

　自宅の近くの山林で額を銃で撃ち抜かれていたらしい。けっきょく犯人は見つからず、地元の警察はヤクザ同士の抗争によるものとみて、おざなりな捜査だけで迷宮入りにした。

「そいつは立石の葬式に出たらしいんだよ。火葬場までついていったらしい。焼かれる前の姿を確認しているが、間違いなく立石本人で、間違いなく死んでいたそうだ。お骨になったところもちゃんと見たそうだ」

「で、四日前にあんたが会ったのは？」

「絶対に間違いねえ。あれは立石金吾だった」

　近眼は蒼ざめた顔で頷いた。

「なんでラブホテルなんかに身を隠した」

「立石は、当時の同房の仲間を軒並み訪問しているらしいんだよ。生きた姿で出ることもあるし、死体になって出ることもあるが、それ以上悪さはしないらしい。なにか思い残したことでもあるんだろうが、そんなのに取り憑《つ》かれて気持ちいいわけねえだろう」

「子分に見張らせりゃよかったのに」

「お化けが怖いからガードを固めろなんて、みっともなくて言えねえよ。艶っぽい場所なら向こうも出にくいだろうと思って、とりあえずここにしけ込んだんだよ」

「それでもここまで追いかけてきたわけだ」

「死んでいるところはおれは見ていねえよ。いま初めて聞かされた話だよ。親不知《おやしらず》がやけに痛むんで、隣に歯医者があったから、そこで抜いてもらってたんだよ。そのあいだに勝手に入ってきて、また勝手に出て行ったんだろう」

言われてみれば片頬がおたふくのように腫《は》れている。ホテルからの出入りには裏手の非常口を使ったという。それで婆さんは見ていなかった。部屋のドアは閉めれば自動的に錠がかかる。排水管を伝って出入りしたのは、どうやらそのゾンビだったらしい。

「せっかく訪ねてきたというのに、義理を欠くことになっちまったな」

おれは昼間見た倶利迦羅紋紋の死体を思い浮かべた。馬鹿にこざっぱりしたゾンビだった。部屋には腐臭ひとつ残っていない。死体がなくなってしまった以上、ゴリラに通報する必要もなくなった。おれは幽霊説を退けた。これにはなにかからくりがある——。

なんとか近眼を宥めすかして、車で自宅へ連れて帰った。夢子にはおれから事情を説明したが、わかってもらえるはずもなかった。玄関のドアを閉めたとたんに、家のなかで地雷が爆発する音がした。

翌日から近眼は会社に出るようになった。顔の右半分に派手な青あざができていた。空は朝から晴れ渡り、幽霊が出そうな気配はない。しかし近眼はおれに見張り役を依頼した。

由子は事務所で電話番。おれは近眼の会社の向かいの喫茶店で、朝からコーヒーと煙草漬けの一日が始まった。午前中はなにごともなく過ぎていった。昼下がりになって携帯に近眼から電話が入った。

「探偵。妙な話になってきた」

「幽霊が菓子折でも持って詫びに来たか」

「そうじゃねえんだよ。ムショ暮らしのときの仲間の一人が、同窓生に招集をかけたんだ。みんなで集まって厄払いをしようというんだよ。なんでも知り合いにえらい霊能力のある拝み屋がいるらしい。そいつに亡者《もうじゃ》を呼び出してもらって、化けて出た事情を聞き出して、できるものなら折り合いをつけて、穏便に成仏してもらうつもりらしい。日取りは今度の日曜日だ」

「なんだか怪しい話だな。言い出したのはどんなやつだ」

「こないだ電話をかけてきた野郎だよ。例の立石の葬儀に出たという」

「いよいよ臭う話だな。なにか仕組んでいるんじゃないのか」

「おまえもそう思うか」

「ああ、おれは幽霊なんてものは信じない」

「だったらついてきてくれるか」

「特別料金をもらうことになるぞ」

「金に糸目はつけねえよ」

近眼は鷹揚に答えたが、声にはいくらか震えがあった。

招集した男は隣の県のM市に住んでいる。当日の朝、おれたちは車で男の家へ向かった。おれは近眼のお抱え運転手、由子は近眼の秘書ということにしておいた。わざわざ由子まで動員したのは、そのぶん日当を上乗せできるせいもあるが、なにやら騒動が起きそうな気がしたからだ。

その屋敷は広壮な敷地に建てられた豪邸で、ムショ帰りの男の住まいとは思えない。近眼が聞いた話では、出所してまもなく脳溢血で父親が死に、大枚の遺産が転がり込んだらしい。竹上朝雄《たけがみあさお》というその男は、車回しに乗りつけたおれたちを機嫌よく迎えたが、参加は近眼だけにして欲しいと、おれと由子の同席を断った。もちろんそれは予期していたことで、近眼の背広には、あらかじめ発信機つきの盗聴マイクを仕掛けておいた。

おれと由子は屋敷を出ると、向かいの路上に車を停めた。なかの会話は車内の受信機で聞き取れる。ヘッドフォンを耳に当て、怪しげな降霊会の成り行きを監視する。

乗用車やタクシーが次々門をくぐった。集まったのは近眼を含めて七人だ。ほぼ定刻になると、マイクが拾っていた音声が、雑談からどこか取り澄ました男の挨拶に変わった。それが竹上朝雄の声だった。

「懐かしい同窓生のみなさんと再会して、私は喜びに堪えません。ともに塀のなかで過ごした麗しい日々を思い出します。あの愛と慈しみに満ちた償いのときが私の心に残したものは——」

「なにが麗しい日々だ、この○△×◎野郎」

「そうだ、てめえはいつも▽〒※#だった」

「てめえの☆▽$¶は◎&@△だ」

「酒はねえのか、この%△≠☆野郎」

婆婆ではなかなか聞けない上品な野次がスピーチを中断させる。

「まあまあ、みなさんお静かに——」

竹上は悠揚迫らぬ態度で応じる。元犯罪者というより、有権者を前にした政治家のようだ。中身はいずれ似たようなものだが——。

「昨年不幸な事件で他界された旧友の立石金吾氏の霊が、いまも成仏できずにさまよっておいでです。きょうお集まりいただいたのは、私の懇意にしている霊能者の赤坂一心斎《あかさかいっしんさい》先生のお力にすがり、立石氏の霊をお呼びして、心残りのことがあれば聞いてさし上げ、すがすがしい心で冥土へ旅立っていただこうという願いからです」

室内が急に静まり返った。立石という男の人徳によるものか、それとも立石の亡霊によほど怖い思いをさせられたのか。

「おめえ、なにか企んでやしねえか」

沈黙を割って凄みのある声が問いかけた。竹上はややむきになる。

「なにをおっしゃる。すべて善意から出たことですよ。私がここまで立派に更生できたのも、立石先輩の薫陶があったお陰で——」

「いいから早く始めろよ。ふざけたまねしやがったら、あとで叩きのめしてやるからな」

また別の声が凄みを利かせる。近眼はずっと口を閉じている。竹上が気を取り直したように声を上げげた。

「では一心斎先生をお呼びしましょう。先生、どうぞこちらへ」

入れ歯の噛み合わせが悪いような情けない声が聞こえてきた。挨拶をしているところらしいが、言葉としてはほとんど聞き取れない。先生は相当ご高齢のようだ。これじゃ立石の霊が降臨しても、なにを言ったかわからない。

また室内が静まり返る。しばらくふにゃふにゃ声の呪文のようなものが続き、突然、耳をつんざく絶叫が響き渡った。わずかな静寂を置いて、まったく別の声が語りはじめた。

「いろいろ騒がせてすまねえな。お前さんたちゃみんなおれの兄弟分だ。恨んでとり殺そうなんて思っちゃいねえ」

喋っているのは立石の霊なのか。どすの利いたその声は、一心斎先生のふにゃふにゃ声とは似ても似つかないものだった。

「本当に立石の兄貴なのかい。死んだと聞いておれはほんとに悲しくて、三日三晩泣いて暮らした。迷わず成仏してくださいよ」

「殺したのはおれじゃないよ、恩義はあっても、恨みなんかこれっぽっちもねえ。兄貴を殺した野郎を見つけたら、おれがこの手でぶっ殺してやるよ」

野次を飛ばしていた連中が、今度は泣きそうな声で訴える。ほかの連中も負けじと無実を訴える。畏《おそ》れおののき嗚咽《おえつ》さえ交えた情けない哀訴の合唱を聞いていると、どちらが亡者かわからなくなってくる。

「いいってことよ。死んじまってみると、この世の恨みつらみは消えちまう。こうして兄弟分と喋れるだけでも、わざわざ出てきた甲斐があった。いや懐かしいねえ。ムショの暮らしは決して楽じゃなかったが、そのぶん娑婆じゃ当たり前のことが妙に楽しく思えたもんだった」

立石の霊がしみじみと言う。竹上が大袈裟に相槌を打つ。

「そうそう、週に二回の入浴も、ムショじゃ楽しみの一つでしたよ。横一列に並ばせられて、入浴五分、洗い五分、また入浴五分の十五分。正面しか向いていられないから、前の人の背中しか見られない」

「そうだったなあ。おめえたち、思い出すだろう。おれの背中の不動明王の彫り物を」

「ええ、忘れてなんかいませんよ。あれは立派なお不動様でした。いまもはっきり目に浮かびます。みなさんだってそうでしょう。あの光輪の燃え上がる炎の鮮やかだったこと」

竹上がさらに感極まった合いの手を入れる。

「ところでその炎のなかに、変わったものは見えなかったか」

今度は立石の霊が問いかける。気のせいかもしれないが、話がどこか誘導訊問臭い。

「そう言やあ――」

野次グループの一人が声を上げる。

「兄貴が一回目の入浴をするだろ。そのあと不動明王の光輪のなかに、文字みたいなものが出てきたな」

別の男がそれに続ける。

「確かにそうだ。うしろの列で待ってるとき気がついた。湯船に浸かってるうちに、ほんのり肌が染まってきて、それから光輪の火の玉のなかにぼんやり文字が浮かんできた」

「なんて字だった。思い出せたら言ってみてくれねえか」

立石の声がどことなく色めきたった。体温が上がると浮き出す特殊な刺青を彫っていたらしい。しかし自分の背中の刺青に、ここまでこだわるのはやはり不自然だ。

「えーと、たしかいちばん右側の火の玉のなかにあったのが――」

男の一人が覚束《おぼつか》なげに答えはじめる。

そのとき突然脳天に電気を通されたようなけたたましい高音が炸裂した。反射的に受信機の音量を絞る。隣で由子がその音とよく似た悲鳴をあげる。

すぐにぴんときた。ハウリング――。スピーカーから出た音をマイクが拾う。それがまたアンプに入力されて、そのループを繰り返すうちに馬鹿でかいノイズが発生する。つまり降霊会の現場にはスピーカーが設置されていて、さらにその現場の音を誰かがマイクでモニターしている。

室内にまたどよめきが沸き起こり、それがさらに馬鹿でかいノイズに化けて、こちらの受信機まで破壊されそうだ。立石の霊の正体がこれでわかった。赤坂一心斎先生はただの飾りで、部屋に隠されたスピーカーを使って別人の声を流していたらしい。

周囲を見渡した。前方の路肩に長いアンテナを立てた黒塗りのバンが停まっている。さっきから気にはなっていた。その車が突然急発進する。こちらも慌ててアクセルを踏み込んだ。人通りのない住宅地の道路を黒塗りのバンは驀進する。脇道から人や車が飛び出さないように祈りながら、こちらもぐいぐいスピードを上げる。

「降霊会の会場は大騒ぎよ――」

ヘッドフォンを聴きながら由子が報告する。

「竹上とかいう男が吊るし上げに遭っているみたい。殺されそうな声を出してるわ」

そっちは強面が揃っているから取り逃がすことはないだろう。殺さないでくれるように願うだけだ。黒塗りのバンは闇雲に右折左折を繰り返し、狭苦しい路地を駆け抜ける。あまり土地鑑はなさそうだが、その点はこちらも変わりない。

バンがウィンカーも出さずに右手の路地へ飛び込んだ。こちらも慌ててハンドルを切る。甲高い急ブレーキの音に続いて、前方でどでかい音がした。停まっていたダンプの尻に突っ込んで、バンは見事にひしゃげている。

ドアから男が転がりだした。おれも車から飛び出した。よろめきながら逃げる男の襟首を摑んで引き倒す。額に穴は開いていないが、予想通りおれにも馴染みのある顔だった。襟元から覗く肌にはあの倶利迦羅紋紋。左手の小指が欠けている——。暴れる男を路上に押さえ込み、穏やかな声で諭してやった。

「警察に捕まったら殺しの余罪まで発覚しかねない。大人しくするなら助けてやる」

「おれが誰を殺したって言うんだよ」

「立石金吾。たぶんお前と瓜二つの男だよ」

半分以上は山勘だが、おれは確信に満ちた口調で言った。

近所の人間が騒ぎ出さないうちに男を車に連れ込んで、竹上の屋敷に乗りつけた。携帯電話で近眼を呼び出し、車に乗せてS市までひとっ走り。竹上は気の荒い連中に小突き回され、顔のつくりがだいぶ変わっているらしい。興味津々の由子を自宅の前で無理やり降ろし、その足で近眼の会社に向かい、会議室に連れ込んで男をとっちめた。

ふてぶてしい面構えのわりに気弱なようで、近眼の子分のなかでも選りすぐりの悪相の谷《たに》村《むら》がメリケンサックを見せびらかすと、男はウグイスのように囀《さえず》り出した。名前は立石銀一《ぎんいち》。金吾の双子の弟だという。つまり近眼の前に現れた立石金吾は、幽霊ではなく銀一だった――。

双子といってもいくらかは顔立ちが違うものだが、そこは整形手術でごまかして、ついでに小指も詰めたらしい。声はもともとそっくりで、仮死の荒業は以前に兄から伝授され、額の銃創は映画のメーキャップ用の作り物。近眼と喋った塀のなかの思い出話は竹上から仕込まれたものらしい。刺青は金吾の裸の写真を見せて同じ図柄を彫らせたというが、そこまで手の込んだ芝居を打った狙いがわからない。

「なんで兄貴を殺したんだ」

訊くと銀一は涼しい顔で首を振る。

「殺したんじゃねえ。あれは事故だった」

「額の真ん中を見事に撃ち抜く芸当のいったいどこが事故なんだ」

「ロシアンルーレットだよ。出所祝いの景気づけにほんの冗談でやったんだ。言い出したのは兄貴だよ。レンコンに込めた一発が、本当に当たるなんて思わなかった――」

警察に届けるわけにはいかなかったと言う。使った銃が問題だった。そのころ銀一の所属していた組は銃の密輸に手を染めていた。警察に知れれば密輸ルートが摘発される。やむなく裏の藪山に遺体を捨てて殺されたように装った。計算どおり警察はヤクザ同士の抗争と見て、まともな捜査をしなかった――。

どこか眉唾な話だが、ここはそんなことはどうでもいい。銀一はさらに先へと話を続けた。

「しばらくして竹上がやってきて、兄貴の刺青のことを訊いてきた。風呂に入ると文字が浮き出すのを憶えてねえかと言うんだよ――」

銀一は質問の意味さえわからない。あきらめて帰りかけた竹上を力ずくで引き留めて、この経緯を問い詰めた。竹上も銀一と組むのが利口だと計算したらしく、金吾から聞いたという奇妙な秘密を打ち明けた――。

当たり屋といっても政治家や会社役員のような大物狙いで、しかも死亡を装う特技があったから、金吾の実入りは半端じゃなかった。銀行に預ければ足がつく。金吾はそれを金塊に換えて、秘密の場所へ隠しておいた。ところがそのうち問題が起きた。

心肺停止の荒業の無理が祟り、脳に異変が起きたらしい。記憶障害が頻繁に起こり、金塊の隠し場所さえしばしば忘れるようになる。これはまずいと一計を案じた。

伝手を頼って幻の技法を持つ彫り師を探し出す。狙いは体温が上がるとピンクに浮き出る白粉《おしろい》彫りという刺青だ。そして全身に彫った倶利迦羅紋紋に、金塊の在り処《あか》を暗示する文字をその特殊な彫りで紛れ込ませた。

普段は見えず、必要なときは一杯飲《や》るか風呂に入って鏡で背中を見ればいい。よしんば人に見られても、意味がわかるのは自分だけだ。これほど間違いないメモはない。刑務所では入浴中やむなく人目に晒したが、ことさら関心を示す者はいなかった。ところが仮釈放が近づいたある日、先に出所していた竹上が面会に訪れた。気が緩んでいた金吾はうっかりその話を喋ったらしい。

竹上はほどなく新聞の三面記事で金吾の死を知った。金遣いの荒い竹上は、親からの遺産を使い果たし、たちの悪い筋からの借金もかさんでいた。金吾から聞いた話が気になった。お宝の値打ちは億単位らしい。仮釈放の身では警察や税務署に怪しまれずには使いきれない。隠したまま死んだはずだと見当をつけた。しかし刑務所で入浴中に見たはずのその刺青の文字には憶えがないし、立石もむろんそこまでは喋らなかった。

竹上は我慢できなくなって、それを探りに弟の銀一のもとを訪れた。しかし銀一の記憶にもやはり残っていなかった――。

「だれかムショ仲間が憶えているかもしれないと考えて、あのお粗末な田舎芝居を仕組んだわけだ」

おれは銀一の頭を小突いてやった。銀一の顔に焦りの色が浮かんだ。

「そうだよ。屋敷のなかはあれからどうなった。絵柄を憶えているやつはいたのかい?」

「物覚えの悪いのばかりでな。思い出したふりをするのはいたが、どれも嘘八百だった」

近眼が渋い口調で答えると、銀一は安心と落胆が入り混じった複雑な表情を浮かべた。それを見て近眼がにんまり笑う。

「ところがおれは憶えていたんだよ。記憶力には人一倍自信があってな」

銀一もあっけに取られたが、おれも二の句が継げなかった。獰猛《どうもう》な顔の谷村に銀一の監視を任せ、近眼を別室に連れ出した。

「本当か、いまの話?」

「本当だ。戒名みたいな文字並びが一つ。地名みたいな文字並びが一つ」

近眼は自信ありげに頷いた。

「で、お宝の在り処は見当ついたのか?」

「さっぱりわからん」

近眼は首を横に振ってうなだれたが、おれの期待は膨らんだ。燦然と輝く金塊がどこかでおれを呼んでいる。

「重要なヒントであることは確かだな。銀一に訊きゃわかるんじゃないのか」

「あいつが正直に教えると思うか」

近眼はさすがにプロの悪党で、考えることが慎重だ。おれは我が身を省みた。

「たぶんおれならしらばくれる。話だけ聞いて嘘を教えて、あとで自分で捜しに行くよ」

「野郎と取引するしかないな」

近眼が計算高く目を光らせる。考えはおれと一緒のようだ。また二人して会議室に戻る。

「なあ、銀一。お宝のおこぼれに与《あずか》らせてやるから知恵を貸せ」

おれは余裕を見せて語りかけた。

「立場が逆だろう。あのお宝はもともと兄貴のものだ。兄貴は死んだから、いまはおれのものだ。あんたたちが知っていることを教えてくれたら、少しはおこぼれをくれてやるよ」

銀一はしたたかに言い返す。まだ自分の立場をわきまえていない。おれは軽いはったりのジャブを見舞った。

「そうなるとお前は一銭も手に入らない。元ネタはこっちが握っている。時間をかければいずれ見つかる。できれば知恵を拝借して、少々手間を省きたいだけなんだよ」

「お手並み拝見しようじゃないか」

銀一はそれでも強がってみせる。今度は近眼が凄みを利かす。

「その代わりお前は要らない人間になる。どちらかといえばむしろ邪魔になる。兄貴のあとを追いたいらしいな」

ハリウッド映画流「いい刑事」と「悪い刑事」の連携プレイ。近眼が顎をしゃくると、ゴジラのような凄みを利かせて谷村がナイフを取り出した。

「こいつは人を殺すのが三度の飯より好きで、山藤組の切り裂きジャックと呼ばれている。ゆっくり殺すのが得意でね。仕事はじつに丁寧で、元の人相は絶対にわからない」

悪相を歪めて谷村が笑う。顔の印象とは正反対に虫も殺せない優しい男で、事故で怪我をした狸を寝食を忘れて看病し、動物愛護協会から表彰されたこともある。

「ち、ちょっと待ちなよ。喧嘩を売る気はねえんだよ。あんたたちに三分の一くれてやる。それなら文句はねえだろう」

銀一は慌てて譲歩する。おれは穏やかに首を振った。

「おれたちの取り分が三分の二で、お前のほうは三分の一だ」

「冗談じゃねえよ。あんたら横から割り込んできたんだから、せめておれが半分というのが人の道だろう」

「どうせ掠《かす》め盗った金だろう。人の道もへったくれもあるか、この薄ら馬鹿」

近眼が鋭く吐き捨てる。谷村は銀一に顔を近づけて、ナイフの刃先で髭《ひげ》を当たる。剃刀《かみそり》のようによく切れる。

「わかったよ。その条件で手を打とう」

銀一は首をうなだれた。

「嘘を教えたら、その場で命はないと思えよ」

近眼は穏やかに念を押す。谷村のナイフが銀一の喉元にやんわり食い込んだ。

銀一の協力で謎は氷解した。

刺青のなかの地名らしい文字は「賽原《さいばら》」で、戒名の方は「報徳院謹厳実直居士」。賽原は立石兄弟が生まれた町の近在の辺鄙《へんぴ》な集落で、そこにうら寂れた無縁墓地がある。気味悪がって人が寄りつかないので、お宝を隠すには最適らしい。戒名はそこにある墓のどれかのものだろうと三人の考えは一致した。

こうなると善は急げで、おれと近眼と銀一に悪相の谷村を加えた四人組は、その晩のうちに墓荒らしの旅に出た。深夜の高速を飛ばしたが、無数の金塊が脳裡を飛び交い、おれはほとんど眠気を感じない。

現地には朝八時に着いた。いくらなんでも人目があるから、明るいうちは仕事はできない。市街中のファミリーレストランで朝飯を食って、まずはお宝の在り処の下見に向かった。市街を抜け、閑散とした県道を賽原へと車を走らせる。県道は山あいに入り、渓流沿いにうねうねと進む。小さな峠を越えて、賽原の集落が見えてきたところで、銀一が悲鳴のような声を上げた。

「大変だ。無縁墓地がなくなっちまってる」

銀一が指さすあたりには、蒲鉾板《かまぼこいた》を組み合わせたような妙ちきりんな建物が建っている。

コンクリートの壁面が真新しい。美術館か資料館という印象だ。

「本当にあそこにあったのか」

おれは慌てて問いかけた。

「ああ、間違いねえ。山の麓に火の見櫓が見えるだろう。ガキのころあそこへ登ってよく叱られた。墓地はその右手の道路沿いにあったんだ。ちょうどあの馬鹿げた建物が建っているところだよ」

おれはアクセルを踏み込んで、峠からの道を駆け下った。建物の入り口には「賽原郷土資料館」という金ぴか文字が掲げてある。鄙《ひな》びた山村にはどうみても不相応な代物だ。半ば諦めながら建物に駆け込んだ。日焼け顔の受付のおばさんに訊いてみる。

「つかぬことをうかがいますが、この建物ができたのはいつのことで？」

「先月できたばかりだよ。開館して三週間目だけど、村民以外のお客さんはあんたらが初めてだ。いま村長さんに知らせるから、ゆっくりなかを見物しとって。目玉は江戸中期の肥桶のコレクションだよ」

おばさんは喜色満面で電話を掛けはじめる。こっちは見物どころの騒ぎじゃない。電話はあとでいいからとおばさんを宥め、建設の由来を訊いてみた——。

建物の地所はやはり元は無縁墓地だった。村有地にあるその墓地を撤去して、集会施設を建てることになったのは一昨年。お骨は新たにつくられる納骨堂に改葬し、墓石を撤去して更地にする計画だった。村中を仰天させる事件が起きたのは作業開始後の一昨年の暮れ。墓の一つから時価三億円の金塊が出てきたのだ。

村は拾得物として警察に届けたが、村内は期待に沸き立った。無縁墓地の墓に隠された金塊とくれば犯罪の匂いがつきまとう。警察署長も持ち主は名乗り出ないだろうと村民にあらぬ期待を抱かせた。半年経てば金塊は村の所有物になる。

ところが時効直前の昨年半ばに、突然所有者が現れた。名前が山川《やまかわ》某という、東京の不動産会社の社長だった。金庫に保管していた金塊が消えたのに気がついて、慌てて警察に届け出たら、この村から拾得届けが出ていると聞かされたらしい。

金塊発見のニュースは当時全国版で伝わっていたが、そのころ男は外国にいて、日本の新聞もテレビも見ていなかったという。時効直前と知り男は地元警察に飛んできた。警察は男の身元を疑ったが、確かにその不動産業者は実在し、身元証明の書類も整っていた。

さらに男は金塊に刻印された連番の控えを提出したが、どれも見つかった金塊のそれと一致した。それでも警察は金塊の出処を訝しみ、その身辺を洗おうとしたが、男は三億円の金塊のうち一億円分を村に寄贈すると申し出た。消沈していた村は再び盛り上がり、村長は署長に圧力をかけた。

ついに署長は折れて（のちにそこそこの重さの金塊の欠片が懐に入ったという噂もあるら

しい）、金塊は男に返却され、男は一億円分を村に寄贈した。村は集会所の予算にそれを上乗せし、この馬鹿馬鹿しい建物を建てることにしたという——。

頭のなかを黄色いカラスが飛び回る。近眼はあんぐり口を開けている。銀一は突っ立ったままほとんど仮死状態だ。

おばさんが呆然とたたずむ銀一に目をやった。素っ頓狂な声が飛び出した。

「あ、あんた！　あんたじゃない。あのときの金塊の所有者は！」

これ以上ここにいると、ろくでもないことになりそうだ。おれは二人を促して、谷村が待っている車に駆け戻った。


「思った以上に記憶障害が重症らしいな。立石金吾さん」

帰りの車中で、おれはずばりと切り出した。

「いったいどういうことだ、探偵？」

近眼が当惑したように問い返す。

「金塊の所有者だと名乗り出たのは、ここにいる立石金吾本人だ。連番まで知っていたとなりゃ、本人以外にあり得ない」

「だったらなんでこんなことを。金塊を手に入れたんなら、わざわざ芝居をする意味はない」

近眼はまだ事情が呑み込めていない。おれは助手席から立石を振り向いた。酷いショックを受けたように顔から血の気が失せている。

「ああ、よくぞ気がついてくれたよ、探偵さん。ロシアンルーレットのことも、竹上との出会いのことも、きのう喋った話のあらかたはでまかせだ。そもそもおれ自身が真実を知らなかったんだ。ところがたったいますべてを思い出したよ。おれは確かにここへ来てお宝を回収した。ところが例のたちの悪い記憶喪失で、そっくりそれを忘れちまった。そこにつけ込んだ竹上の野郎にうまいことしてやられたんだよ」

「つまり、どういうことなんだ？」

近眼はおれと立石を交互に見つめる。憤りを噛み締めるように立石が語りだす。その体は熱病にかかったように震えている。

「金塊が発見されたとき、おれはまだ塀のなかにいた。拾得物の時効は半年。おれはじりじり仮出所を待った。出所後すぐに竹上と組んで計画を実行に移した。名乗り出たのはたしかにおれだ。山川某というのは竹上の義理の兄貴で、野郎のように前科はない。その戸籍謄本を入手して、身分を騙《かた》って名乗り出た。なにかのときの用心のために、連番のメモは前から弟の銀一に預けてあった――」

作戦は成功し、その日は立石の家で酒盛りになった。そこで銀一が金塊を山分けしろと言い出した。連番のメモを保管していた自分には当然その権利があるという理屈だった。

「一揉めするうちに銃が暴発し、弟はその場で即死した。もちろんおれは悲しんだ。両親はガキのころ交通事故で死んじまった。あいつはたった一人の肉親だった。そいつをこの手で殺《あや》めるなんて――」

立石の目がかすかに潤んだ。手の甲で洟《はな》を拭って立石はさらに続けた。

「しかしおれにも事情があった。命を狙われていたんだよ。法外な上納金を取られるのは馬鹿らしいから、おれは溜め込んだ金のことを組に報告していなかった。入所中に親分にそれがばれていて、出所したら殺せという指令が出てたんだ。仮釈放の身で海外へ高飛びすることもままならない。そこでおれは一計を案じ、死んだのは自分だということにした――」

立石の偽装計画は成功した。田舎町の警察のやることで、形式的な司法解剖はしたが、指紋の照合などはしなかった。そのあと竹上にひと芝居打たせ、かたちばかりの葬式をした。殺しを指図した組の親分もやってきた。いくら双子でも多少は顔が違うし、弟とは刺青の柄も違う。立石は得意の仮死の術を使って棺のなかに納まった。額には傷痕のメーキャップもしておいた。親分はあっさりと騙された――。

立石の話はおれと近眼を惹き込みながら、さらに悲喜劇の核心へと向かっていった。

「ところが仮死状態の時間が長すぎて、目が醒めたときおれは重い記憶喪失に陥っていた。自分が棺に入った理由さえ思い出せない。竹上の野郎はそこにつけ込んで、おれの金塊を一人占めすることを企てた――」

竹上が教えてくれたのは、立石が死んだ弟の銀一に成りすましたことと、背中の刺青の秘密のことまでで、金塊を回収した話は黙っていたらしい。立石はおれに言われていまやっとことの真相を思い出したわけだった。それまではお宝はまだ墓の下にあると思い込んでいたという。そのうえ隠し場所そのものが立石の記憶から消えていた。

間抜けな事情はさらに重なる。彫り師の腕がなまくらだったのか、それを記したせっかくの白粉彫りが、出所したころには消え失せていた。

「おれは金塊への未練を募らせて、竹上にあの幽霊話を提案した。野郎は調子よくそれに乗ってきた。とりあえず自分への疑いを逸らせるし、時間稼ぎにもなると思ったんだろう。いまごろは掠め盗った二億の金塊を持って、どこかへ高飛びしているかもしれない」

「一年も前に金塊をぱくったんなら、どうしてやつはそのとき高飛びしなかった」

近眼はまだ腑に落ちない様子だ。立石は無念さを滲ませた。

「野郎も仮釈放で娑婆に出た。そのあいだはパスポートはまず取れない。国内で行方をくらませば指名手配されてムショに逆戻りだ。晴れて自由の身になったのはつい最近のはずだった。それから急いで高飛びの準備に入ったんだろう。おれに協力するふりをしたのは、たぶんそのための時間稼ぎだ」

おれたちはM市の竹上の家まで車を飛ばした。到着したときは夜の八時で、玄関には差し押さえの張り紙がべたべた貼ってある。家の前には人相の悪いのが数人うろついている。近づくと男の一人が凄んでみせた。近眼が名刺を手渡すと、男はとたんに姿勢を正した。

「これはお見逸《みそ》れを。山藤の若頭とは存じませんで――」

男は街金から債権を買い取った地元ヤクザの整理屋だった。竹上は借金を踏み倒してとんずらしたらしい。消えたのはけさで、噂では外国に高飛びしたという。整理屋は金塊のことまでは把握していないようだった。

「よその組が関わっていちゃ手は出しにくい。おれはここらで身を引くよ。あんたはこれからどうするんだ」

近眼が立石に問いかけた。近眼がそう言うのならおれもこれ以上は突っ込めない。海外へ高飛びされたらそもそも回収は覚束ない。しかし立石は頑《かたく》なな決意を口にした。

「竹上の野郎をとっ捕まえて、金塊を取り戻して、ついでに野郎をぶっ殺す。おれ一人でもやり遂げる」

成功を祈ると立石を励まし、鉛のような疲労を背中に貼り付けて、おれたちはそのまま家路についた。

一週間後の新聞に、M市の山林で竹上が殺されていたという記事が載った。立石は高飛びされる前に、首尾よく盗人を捕まえたようだった。

それからまた二週間ほどして、近眼のオフィスで油を売っているところへ、立石が突然現れた。バリッとしたスーツ姿で、窓の下の路上には真新しいベンツが停めてある。どうやら金塊の回収にも成功したようだ。

「あんたたちにはいろいろ世話になった。ささやかな礼だと思って受け取ってくんな」

立石はおれと近眼にぶ厚い封筒を手渡した。中身は帯封つきの万札百枚。三億を山分けの話と比べれば微々たる額だが、立石はなかなか義理堅い。

「ところで探偵さんよ。一つ調べて欲しいことがある――」

しばらく世間話をしたあとで、立石がおもむろに切り出した。

「おれはいったい銀一なのか、金吾なのか。免許証からクレジットカードから名義はみんな銀一になってるが、この体は間違いなく金吾のものだ。おれはいったい誰なんだ」

聞いた瞬間絶句した。頭のなかを白い蝶々が飛び回る。記憶障害が悪化したらしい。話ぶりから察するに、立石は今度は自分が銀一と入れ替わった経緯を忘れているようだ。

「せっかくお宝が戻ったんだから、いくらかくれてやりたいのが兄弟の情だ。こうなりゃ銀一でも金吾でもいい。たった一人の肉親だ。なんとかおれの兄弟を捜しちゃくれねえか」

立石は哀切な口調で言い募る。どうにも哀れな気分になった。目の前にいるのは金吾でも銀一でもない。本人の記憶のなかではいわば幽霊のような存在なのだ。

事情を明かしてやろうとしたが、しかしふと思い直した。金塊は戻っても死んだ人間は帰らない。いま現実に直面させたら、そのショックでこんどは自分が生きていることさえ忘れかねない。忘れていたほうが幸せな記憶もある。あの世を営業地域にしてはいないが、しばらく調べるふりをしてやることにして、おれは悲しくも間抜けなその依頼を引き受けた。

ゴリラの春

市民公園の桜も散って、冬枯れていた市街に目に沁みるような新緑が煙りだすころ、S署刑事課のゴリラ——門倉権蔵《ごんぞう》がふらりと事務所にやってきた。

勧めもしないのに接客用のソファーにどっかと座り、さっさとお茶を出せという意味の意地汚い視線を由子に送る。やれやれと起ちあがる由子に、茶菓子は不要、お茶は出がらしでいいという意味の視線を投げて、おれは挨拶代わりの皮肉を見舞った。

「またいつもの山勘捜査か。きょうの日替わり容疑はいったいなんだ。殺しか、強盗か、恐喝か？」

ゴリラは妙に下手《したで》な態度で応じた。

「そう言うなよ、探偵。頼れるのはおまえだけなんだ。ひとつ力を貸してくれ」

本物のゴリラに思春期があればこうだろうという憂い顔だ。

「こっちは仕事で忙しいんだ。あんたのためにボランティアをやってる暇はない」

「だからその仕事を頼みてえんだよ。個人的にな。むろん謝礼は考えてるさ」

「どれくらい？」

「これから犯す予定の懲役三年以下の罪を一件見逃すってのはどうだ」

ゴリラはしらっと言ってのけるが、それがジョークに聞こえないから恐ろしい。

「そんな予定があるわけないだろ。おれはれっきとした探偵だ。報酬は現金以外じゃ受けとらない。それで仕事ってのは？」

「そのー、なんだよ――」

ゴリラは恥じらうようにラーメンの汁が染みたネクタイを捻り回す。なんだかきょうは気味が悪い。

「いわゆる浮気調査ってやつなんだけどね」

「というと、対象はあんたのかみさん？」

思わず声がひっくり返る。ゴリラのかみさんとは面識がないが、亭主の人品骨柄《じんぴんこつがら》はよく知っている。浮気に走る気持ちがわかるだけに辛いものがある。由子の頰が痙攣《けいれん》している。お盆に載せた湯呑み茶碗が揺れている。必死で笑いを堪えているようだ。

「あんたはデカだろう。尾行や張り込みはプロだろう」

「面が割れてるから駄目だって。それにおれだって仕事で忙しい」

後段の話は眉唾だが、前段の話はもっともだ。いくらゴリラの女房でも、亭主の顔くらいは覚えているだろう。やむなく話を聞いてやった。

「女房のやつ、近ごろ油絵に凝っててね。毎週一回、市の教室に通ってるんだよ――」

ゴリラが心配する浮気の相手は、その油絵教室の講師をやっている画家だという。

「いや、不細工な野郎なんだがね」

ゴリラはポケットから薄っぺらい印刷物を取り出した。市の教育委員会が発行した生涯教育講座のパンフレット。その講師の顔写真入りのプロフィールが載っている。顔立ちはまあそこそこの美男子で、ゴリラに不細工だと言われれば、本人は立ち小便で無期懲役を食らうくらいに心外だろう。

画家の名前は藤堂博一《とうどうひろかず》。S市在住。国内の著名な美術団体に所属し、いくつか並んだ受賞歴から、その世界でまずまず知られた画家だとわかる。

昭和三十三年生まれというから歳は五十の少し手前だ。七三に分けた短めの銀髪、浅黒い肌と眼光の鋭さが精悍な印象を与えるが、服装や物腰にはそれを和らげる知性も漂う。ゴリラの僻目《ひがめ》とは裏腹に、いかにももてそうな中年男。手練手管《てれんてくだ》で言い寄らなくても女が放っておかないタイプだ。無理はないなと思いつつ、ゴリラの言い分を聞いてやる。

「どうして浮気してると思うんだ」

「これを見てくれ」

ゴリラは今度は葉書大のリーフレットを手渡した。藤堂画伯の個展の案内状で、最近作らしい裸婦の絵が印刷されている。自宅の居間で見つけたものだという。

「モデルはおれの女房だ」

そう指摘され、思わずその絵に目が釘づけになった。鮮やかな花柄のソファーに一糸纏わぬ女が一人、ゴヤの「裸のマハ」のような姿勢で横たわり、見るものを誘うように微笑んでいる。

柔らかい筆遣いで写真のように鮮明ではないが、年齢は三十代に少し入ったくらい。年相応についた皮下脂肪が、全体としてはスリムな体にふくよかな丸みを与えている。胸の張り具合や腰のあたりの肉付きには重苦しくない程度のボリューム感がある。顔立ちはエキゾチックだが、険を感じさせるようなところはない。絵描きの技量が下駄を履かせた可能性がないではないが、早い話が震いつきたくなるようないい女だ。

「まさか」と思わず口走ったら、すぐ横で由子も同じ言葉を口走る。予期せぬ疑惑のコーラスにゴリラは不服そうに口をひん曲げて、今度は一枚の写真をとり出した。

「信用できなきゃ、これを見ろ」

セーターにジーンズ姿の小柄な美人が藤棚の下で微笑んでいる。背景はどこかの寺の五重塔。妙に垢抜けたカジュアルウェアのゴリラが隣でだらしなくにやついている。写真の女と絵のなかの女を見比べる。直感的には同一人物に見える。

「それがおれの女房だ。去年、京都へ旅行に行ったときの写真だよ」

「似てはいる。しかし同一人物だという確証は?」

「ないから探って欲しいと頼んでるんだよ」

ゴリラは出がらしのお茶をぐびりと飲み干した。醒めた口調でおれは応じた。

「モデルになったからって、すぐに浮気という話でもないだろう」

「愛《あい》ちゃんはおれの宝物だ。それが人前であられもねえ姿を晒していたなんて。それもおれに内緒でな。普通の関係のはずがねえ。おれだって本音は信じたくねえよ。ところが状況証拠がちゃんとある――」

愛ちゃんというのが女房の名前らしい。普段は猜疑心の噴出口のようなゴリラの三白眼にはうっすら涙さえ滲んでいる。その醜態に迂闊《うかつ》にも哀れみを覚え、おれは思わず身を乗り出した。

「詳しく聞かせてもらおうか」


ゴリラの話は愛ちゃんとの馴れ初めから始まった。

依頼された仕事とさして関係はないのだが、どういう神様のプログラムミスで美女と野獣のカップルが生まれたのかと、こちらもつい耳を傾けた。由子は急須とポットとっておきの品川巻きをソファーテーブルに用意して、おれの隣のかぶりつきの席に陣どった。

「愛ちゃんに初めて会ったのは、おれが県警の生活安全部にいたころだ。かれこれ十年前になる――」

ゴリラは哀愁を帯びた眼差しで、空になった湯呑みを由子の前に差し出した。

「売春斡旋の容疑でM市のフィリピンパブにがさ入れしたときだった。そのビルの小部屋にひどくやせ細った女が監禁されていた——」

それが愛ちゃんで、当時の名前はマリア・エルナンデス。マニラ生まれのフィリピン人で、観光ビザで来日しており、その期限はすでに切れていた。

体じゅうに殴打の痕があり、自力では起き上がれないほど衰弱していた。腕には覚醒剤の注射痕がいくつもあった。室内には最近食事を摂った形跡も見られない。虐待を受けていたのは明らかだった。

マリアは出入国管理法違反と覚醒剤取締法違反の容疑で逮捕されたのち、市内の病院に収容された。覚醒剤は打たれはじめて日が浅く、まだ慢性中毒症状は出ていなかった。ろくに食事も与えられず、日常的に暴力を振るわれたのが極度の衰弱の原因だった。

店のオーナーは地元の暴力団の企業舎弟で、フィリピンから騙して連れてきた女たちに売春を強要し、実入りのほとんどをピン撥ねしていた。マリアは日本に行けばメイドの仕事があるという嘘に騙されてやってきた。マニラ駐在の日本人商社マンの家で働いたことがあり、日本語が喋れ、大の日本びいきでもあった。観光ビザで入国すれば、すぐに就労ビザがとれるという話だった。

マリアは客をとることを拒み続けた。何度か逃走を試みて、そのたびに捕まって連れ戻され、酷い折檻を受けたという。クスリ漬けにして言うことを聞かせようと、無理やり覚醒剤も打たれたらしい。

三面記事でよく見かける話だが、そのときのマリアとの出会いはゴリラにとって人生最大の出来事だった。先陣を切って小部屋に踏み込んだときの恐怖に引き攣ったマリアの顔がいまも目蓋に焼きついているという。

あんたが突然踏み込めば誰でも恐怖を覚えると突っ込みかけたが、ゴリラの真顔に気圧《けお》されて言葉を呑み込んだ。

衰弱したマリアを背負って救急車に運んだときの体重のあまりの軽さにゴリラはひどく心が乱れたという。マリアのそんな痛々しい姿は、まだナイーブだった当時のゴリラの琴線に触れたらしい。

「こういうのを運命の出会いって言うんだろうな」

ゴリラは一人で勝手に頷いて、菓子入れの品川巻きを一摑み口に抛り込む。返す言葉もなく由子と顔を見合わせた。品川巻きを頰張ったままゴリラは続けた。

「入院中おれはマリアを何度も見舞った。回復するにつれてマリアは花が咲くようにきれいになった。自分を救い出したのがおれだと知って、マリアはおれに心を開いてくれた。店のオーナーが洗いざらい自白して、覚醒剤の件も不法滞在の件も不起訴になった。マリアは一カ月ほどで退院して、フィリピンへ強制送還された――」

ゴリラの頭はマリアのことで一杯で、仕事がまるで手につかない。見るに見かねた上司の温情で、一週間の休暇をとってマニラへ飛んだ。現地でマリアに求婚し、そのまま日本へ連れ帰り、正式に籍に入れ、マリアの帰化を申請した。そのときに彼女が選んだ日本名が「愛」だった。

「そのころおれはプレイボーイで鳴らしていた。権ちゃん権ちゃんと婦警の連中はほっとかないし、上司は頼みもしないのにきりもなく縁談をもってくる。おれは軒並みそれを断って、破談の県警記録を更新中だった。そのおれが惚れ込んだんだ。愛ちゃんがどれほどいい女だか、がさつなおまえたちだって想像がつくだろう」

縁談のくだりに能動態と受動態の恣意的な誤用があり、婦警が話題にした理由もゴリラの解釈とは逆だろう。しかしマリア——愛ちゃんがゴリラにはもったいないほどいい女である点については異論がない。

「そんな女を嫁に迎えれば、職場でも口さがない噂が立つ。罪には問われなくても、事件に関わった女と関係をもつのは警察社会ではご法度だ。そんなこんなで県警には居づらくなって、転属願いを出してここの所轄へ異動になった。愛ちゃんが苛められたら困るから、警察関係者が集まる官舎には住まずに一戸建ての家を買った。暮らし向きにも不自由はさせなかった」

ゴリラに絶えずつきまとう地場のやくざとの癒着の噂は、そのあたりに由来するようだ。給料では足りない分をその筋からの余禄で補っているわけだろう。のろけ話にいつまでも付き合っている暇はない。おれは本題に話を向けた。

「で、浮気の状況証拠というのは？」

ゴリラのにやけ面が急に引き締まった。

「当直の晩に家を空けることが近ごろ多いんだ。訊くと油絵講座で知り合った女友達のところへ遊びに行ってるというんだよ。うちは子供がいねえから、気持ちがわからなくもねえんだが、以前は夜出歩くようなことはなかったからね」

「その女友達に問い合わせてみれば？」

「愛ちゃんを疑うような真似ができるかよ」

「現に疑ってるんじゃないか。警察なら受講者の名簿くらい手に入るだろう」

「まだ浮気と決まったわけじゃねえ。そんなことしてばれたら、愛ちゃんはおれを嫌いになる。それにこれはあくまで個人的な事情であって、そこまでやったら捜査権の乱用になる」

自分だけは警察法の適用外だと考えているはずのゴリラの口から、捜査権の乱用などという言葉が出てきたことが驚きだ。妻の浮気に怒るというより、捨てられることに戦々恐々としているゴリラの姿がなんとも哀れでやるせない。

「心配することはないいんじゃないのか。あんたの思い過ごしだ。普段は仲良くやってんだろう」

「それだけじゃねえから心配なんだよ――」

ゴリラは団扇《うちわ》のような両手でテーブルをバンと叩いた。菓子入れと茶碗と急須が揃ってピョンと飛び上がる。

「最近、愛ちゃんが妙に暗いんだよ。おれに対しても素っ気ないというか、口数が少なくなったんだ」

その日の午後からゴリラの自宅に張りついた。急ぎの仕事はなかったし、ゴリラは規定の着手料と一週間分の調査費を前払いした。どうせカラ出張でひねり出したかやくざから巻き上げた闇資金だろうが、札に出どころが書いてあるわけではない。

玄関が見える斜向かいの路上に車を停めて、生あくびを噛み殺しながら様子をうかがう。小一時間すると愛ちゃんが普段着で外に出てきた。真っすぐこちらに向かってくる。これでは尾行のしようがない。素知らぬ顔で煙草をふかす。

愛ちゃんが車の脇を通り過ぎる。藤堂画伯の妖艶な裸婦のイメージが重なって、なんだか気分が落ち着かない。黒い大きな瞳と上向き加減の鼻と薄く引き締まった唇が醸し出すエキゾチックな印象に男心がそそられる。ゴリラが入れ上げるのは大いにわかるが、彼女がゴリラに惚れたというのが納得しがたい。その不条理に憤りさえ覚えながら、愛ちゃんの行方を横目で追った。

行き先はすぐ近くのコンビニだった。簡単な買い物だったようで、レジ袋を一つ提げて愛ちゃんは家に戻った。

午後三時を過ぎて動きがあった。訪れたのはくたびれたブレザーを着た若い男だ。背中を向けていて顔は見えない。愛ちゃんが戸口に現れて男をなかに招きいれた。藤堂画伯ならこれで一件落着だが、そうは甘くないのがこの商売の常識だ。

男は十分もしないうちに外へ出てきた。手には愛ちゃんが先ほど買ってきたコンビニのレジ袋。愛ちゃんは見送りに出てこない。男は自分でドアを閉め、足早に玄関前を立ち去った。

今度は正面から顔が見えた。青白い肌をした若い男で、藤堂画伯とは別人だ。不穏な思いが頭をよぎる。男を尾行すべきか、愛ちゃんの安否を確認すべきか。

とっさに玄関口へ駆け寄って、インターフォンのボタンを押した。返事がない。もう一度押してみる。少し間をおいて「はい」と応答する声がした。

「東西墓苑と申します。お墓のセールスにうかがったんですが、もう墓地はお持ちでしょうか」

「いまは興味がありませんので、失礼します」

たどたどしさを感じる日本語だ。フィリピン生まれの愛ちゃんなのは間違いない。慌てて身を翻し、さっきの男を追いかける。

五〇メートルほど先に男の背中が見えた。その距離を保って尾行する。こちらに気づいた気配はないし、とくに急いでいる様子もない。向かうのは駅の方角だ。住宅街を抜け、繁華街に近づくと、急に男の足どりが早まった。

男は新装開店のパチンコ店に滑り込む。感づかれたか。逃がしたとなればゴリラが金を返せと言いかねない。こちらも店に駆け込んだ。店内は満員で、チンチンジャラジャラ、ピコピコパカパカの騒音の渦が鼓膜に一斉攻撃をかけてくる。

空いている台を探すふりをして店内を一巡するが、男の姿は見当たらない。この店には裏手にも出入り口があるのを思い出す。慌ててそちらへ回ったが男の姿はやはり見えない。

裏手のドアから外へ出ると、通りの向こうで男がタクシーに乗ろうとしていた。信号は赤で、道路は車が激しく行き交い、生きて渡れる確率は低そうだ。ゴリラの仕事に命は張れない。走り去るタクシーを見送って、またゴリラの自宅の前に戻った。

それからは、新しい動きはなにもなく、愛ちゃんは一度も外出しなかった。夜九時にはゴリラが帰宅したので、こちらも張りこみは打ち止めにした。ゴリラを付け上がらせるだけなので、きょうの失態は報告しないことにした。

翌日はターゲットを変えて、藤堂画伯を見張ることにした。

市内随一の高級住宅地にある画伯の自宅兼アトリエは、コンクリート打ち放しの壁面をソフトクリームのようにひねくり回した、住んでいる人間が目を回しそうな代物だ。

玄関は素っ気ない木のドアで、その横手の一階部分がガレージ、その上に二階のバルコニーがひねくれた曲線を描いてせり出している。建物は三階建てで、バルコニーに面した二階の窓が極端に大きい。そこがおそらくアトリエだ。

あの花柄のソファーがそこにしつらえてあり、愛ちゃんが目映い裸身を横たえたかと思うといよいよ癪に障ってくる。愛の女神はなぜゴリラや藤堂に身びいきするのかと、我が身の非運への呪詛《じゅそ》が沸き起こる。

一〇メートルほど離れた路上に車を停めて、途中のコンビニで買ったサンドイッチとコーヒーで腹ごしらえをしていると、画伯の豪邸の前にどぶねずみ色のセダンが停まった。トランクの横に突っ立った無線アンテナで警察車両だとすぐわかる。

降りてきた男を見てサンドイッチが喉につかえた。仕事の依頼主のゴリラ本人。痺《しび》れを切らして敵の本丸へ殴り込みというわけか。しかし遺恨による行動とは考えにくい。ゴリラは顔は粗暴でも計算高い。甘い汁が吸い放題のいまの職を棒に振るような真似をするとは思えない。

ゴリラが戸口のインターフォンになにか喋ると、まもなくドアが勝手に開いた。ゴリラはそそくさとなかに消えていく。狐につままれた気分でおれはその姿を見送った。

続いて腹が立ってきた。なんの狙いか知らないが、藤堂とゴリラが示し合わせておれを虚《こ》仮《け》にしたのなら、こちらもただでは済まさない。柄にもない純愛話に騙されて迂闊に信用してしまったが、鉛が金に変わることがないように、しょせんゴリラはゴリラのはずだ。まずは二人の関係の真相を突き止める。ろくでもない企みがあるに決まっている。その下劣で悪辣な心根を白日のもとに晒してやれば、美人のかみさんのゴリラへの愛も一瞬にして冷めるだろう。

三十分経ってもゴリラは出てこない。じりじりしていると背広の胸ポケットで携帯が鳴った。通話ボタンを押すと不快なゴリラのだみ声が耳に飛び込んだ。

「探偵、いまどこにいる?」

ゴリラとは一時間後に駅前のファミリーレストランで落ち合った。

「あんた、おちょくってるのか?」

おれはつっけんどんに問い質した。

「そうじゃねえよ。おれだってわけがわからねえ。昼過ぎに電話があったんだよ。藤堂博一本人からだ。それもこのおれを名指しでな」

貼りついた当惑の皮膜を拭いとるように、ゴリラはお絞りで顔と首筋をごしごし擦る。おれはゴリラへの不信感を腹の底に仕込んだまま、気乗りのしない調子で相槌を打った。

「えらく挑発的だな」

「ああ、おれが不倫相手の夫だと知ってのことなら、ふてえ野郎だよ。で、その話ってのがだな――」

ゴリラはいわくありげに声をひそめる。

「最新作の絵が盗まれたらしい。ところが事情があって大っぴらにはしたくないので、なんとか内密に捜査してくれないかという注文だ。野郎は去年まで県の公安委員をやっててね。それで警察の内情に詳しいんだよ。おれに白羽の矢を立てたのは、S署刑事課きっての敏腕刑事という噂を聞いていたからだと抜かしやがる」

ゴリラはその点だけはまんざらでもなさそうに、鼻の穴を広げてみせた。

「しかしあんたは一係で殺しや強盗が専門だろう。窃盗の担当は三係のはずだ」

「四月の人事異動で三係に配転になったんだよ。けちなこそ泥相手で退屈するだろうと心配していたら、とんでもない事件が舞い込んだ」

ゴリラは口元を引き締めた。盗まれた絵は百号の大作二枚で、アメリカの高名な美術蒐集家の注文で描いたものらしい。藤堂の話だと売値は一二〇万ドル、日本円にしてざっと一億五千万円――。

藤堂は仲介を委託したニューヨークの画商に作品を届けるために、美術品専門の空輸業者を手配していた。その社員が集荷に来たのがこの日の午前中。書類は整っていたので安心して荷物を託した。ところが午後になってその業者から、航空便に遅れが出て集荷は夕刻になるとの連絡が入った。

もう集荷は済んだと藤堂が言うと、先方は慌てて飛んで来た。藤堂の手元にあった送り状の控えから、それが偽造されたもので、集荷に来た作業員も偽者だと判明したらしい。

「しかしその件はおれとは関係ないだろう。あんたがじかに調べれば済むことだ。なんでわざわざ呼び出した？」

拍子抜けしておれが言うと、ゴリラは切り株のような首を左右に振った。

「ことはそう簡単じゃねえんだよ――」

この作品は藤堂にとって畢生《ひっせい》の傑作で、もちろん保険はかけてあるが、金が戻ればいいという話ではないらしい。なんとか現物を取り戻したいが、買い手の蒐集家が極端な秘密主義者で、今回の契約には、理由のいかんを問わずマスコミに露出すれば購入をキャンセルするという条項があるという。

「そんなことは藤堂側の都合だろう。法に則った捜査手順できちんと事件を解明し、犯人の検挙に全力を尽くすのが警察としての筋じゃないのか」

民主国家の一市民として当然の意見を述べたが、むろんゴリラに通じるはずがない。

「デリカシーってものがわからねえやつだな。魚心あれば水心ありって言うだろう。お互い相手の立場を慮《おもんぱか》ってこそ、世の中は按配よく回るんだよ。つまりおれにも藤堂の意向を尊重したい理由がある」

「かみさんのことが表沙汰になったら、えらいことだと心配しているわけだ」

「察しがいいな、探偵。謝礼は弾むから、愛ちゃんの身辺をきっちり洗ってくれよ。おかしなことがあればすぐに揉み消さなきゃならねえ」

藤堂からいくらせしめたか知らないが、ゴリラの水心は汲めども尽きぬ泉のようだ。こちらも正義より経済事情が優先する身の上だから、節を屈してゴリラのおこぼれに与ることにしたが、まるまる同類になるのも嫌なので、藤堂の臭いところを少しだけ突ついてやった。

「百号二枚で一億五千万円と言ったな。高すぎやしないか。先生の絵、国内の相場で号いくらか調べてみたらどうだ」

「どういうことだ？」

「藤堂の経歴を見ただろう。もらってるのは日本の賞だけで、外国じゃほとんど無名のようだ。その先生の絵にアメリカの蒐集家がそこまで高値をつけたのが腑に落ちない」

「言われてみればそんな気もするな。三係には絵画相場の資料もある。さっそく調べてみよう」

ゴリラは素直に頷いた。

おれは再び愛ちゃんを見張ることにした。動きが出たのは翌日の昼下がりだった。

愛ちゃんが家を出た。サーモンピンクのトレーナーにジーンズという簡素な装いで、化粧気もほとんどない。なにかを待つように玄関の前で佇んでいる。しばらくするとタクシーがやってきた。あらかじめ呼んであったらしい。それならこちらも車で尾行できて都合がいい。愛ちゃんが乗り込むと、タクシーはすぐに走り出す。ゆっくり五つ数えてから、そのあとを追って発進する。

タクシーは繁華街とは逆方向の、市の西側の山間部に向かった。国道の周囲はうら寂れた田園風景に変わり、やがて若葉の緑鮮やかな谷筋に分け入ってゆく。行き交う車はほとんどいないが、尾行を見破られている様子もない。

三十分ほどで開けた谷あいの集落に出た。道路沿いには乾物屋に毛の生えた程度のスーパーが一軒あるだけで、ほかに店らしい店はない。スーパーの駐車場の陽だまりで伸びきっている猫と、農家の庭で退屈しのぎに吠えている犬を除けば、生き物の姿が見当たらない。窓から流れ込む風に堆肥《たいひ》の臭いが混じりだす。

タクシーは集落の外れで脇道を右に折れた。周りは畑ばかりで尾行するには見通しがよすぎる。こちらはそのまま三〇メートルほど直進し、そこで停車して様子を窺う。

脇道は一〇〇メートルほど先で林のなかに分け入るが、そのすぐ手前に廃屋に近い民家がある。タクシーはその庭先に停まっていた。

愛ちゃんがタクシーを降りると、民家から若い男が迎えに出てきた。一昨日、愛ちゃんのもとを訪れたあの男だ。二人はなにやら話しながら民家のなかへ消えていく。

タクシーが走り去るのを見送って、車をUターンさせて脇道に進入する。民家の前を通り過ぎ、林のなかへ駐車して、民家の庭先まで歩いて戻る。周囲の畑にも田んぼにも人っ子一人いない。その民家の庭には番犬を飼っている様子もない。

足音を忍ばせて母屋に近づいた。建物は農家風で、玄関は西の端にある。庭に面して長い縁側があり、その奥の障子戸はすべて閉まっている。

なかから二人の話し声が聞こえてくるが、日本語ではないようだ。以前フィリピンへ遊びに行ったことがある。そのときに聞いた言葉の響きにどうも似ている。だとすれば愛ちゃんの母国語のタガログ語だ。男のほうも同じ言葉を流暢《りゅうちょう》に話す。顔つきは日本人でも、愛ちゃんと同郷のようだった。

おれはデジタルレコーダーの録音ボタンを押した。フィリピン生まれの人間に心当たりがある。とりあえず音だけとっておき、話の中身はあとでそいつに訳させればいい。

会話のなかに辛うじて聴きとれる言葉があった。男は「マリア」と、以前の愛ちゃんの名前で呼びかけている。愛ちゃんは「タクミ」と相手を呼んでいる。その名前からして男はやはり日本人らしい。ときおりもう一つ固有名詞らしい単語が交じる。それは「トウドウ」と聴きとれた。

障子にはあちこちに破れ目があった。縁側に上がり込み、その一つに近づいた。覗き込むと、なかは二十畳ほどの畳敷きの部屋だった。

男は木製のディレクターチェアに掛けている。その前には描きかけのキャンバスが架かったイーゼル。脇の卓袱台《ちゃぶだい》には絵の具や絵筆やパレットナイフが雑然と置いてある。若い男は画家のようで、この古びた農家が彼のアトリエらしい。

愛ちゃんは男の向かいにしつらえられた花柄のソファーに座っている。藤堂の個展のリーフレットに描かれていたのと同じものだ。違うのは、そして残念なのは、そこに座った愛ちゃんが、きょうは着衣のままだということだ。

室内を見回してさらに驚いた。いたるところに油絵のキャンバスが立てかけてある。ほとんどが完成した作品で、ポーズはそれぞれ異なるが、モデルはすべて同一人物——愛ちゃんだ。

画材の散らかる卓袱台に写真立てがある。ふとその写真に目がいった。トロピカルな印象の白壁の家を背景に、庭先のテーブルに四人の男女が座っている。場所は日本ではなさそうだ。

四十代くらいの夫婦らしい男女のあいだに中学生くらいの少年がいる。いま愛ちゃんといるあの男だと一目でわかる。そして三人の横にいるエプロン姿の可愛《かわい》らしい娘。こちらも愛ちゃんだとすぐにわかった。

父親らしい男の顔はどこかで見たような気がした。ばらばらだったなにかが、いまにも繫がりそうだった。

翌日は朝から市立図書館に入り浸り、新聞の縮刷版と美術関係の専門誌や年鑑を片っ端から当たっていった。おぼろげな記憶と推理が裏づけられた。

午後には近眼のマサの事務所を訪れた。マサにはフィリピン生まれの舎弟がいる。以前、山虎が拳銃の密輸に手を染めたときに抱え込んだ男で、通り名はマニラのヤス。口が固くて頭が切れるので、銃の密輸から手を引いたいまもマサの右腕として重宝がられている。

ヤスは愛ちゃんとタクミの会話をいともたやすく通訳してくれた。ようやく仕掛けが見えてきた。おれはその足で愛ちゃんのもとを訪れた。尾行した件を詫び、悪いようにはしないからと条理を尽くして説得した。愛ちゃんはことの真相を語ってくれた。

その夜、行きつけのバーへゴリラを呼び出した。藤堂をカモにするには、ゴリラとの連携が必要だった。

「あんたのかみさん、藤堂と浮気はしてないよ」

「だったらあの絵はどういうわけだ」

「他人の空似と考えておくのが無難だな」

おれは適当に取り繕った。

「その程度の話なら金を返せ。ぜんぜん仕事になっていない」

ゴリラは憮然として、飲み乾したロックの氷を嚙み砕く。

「それよりいい儲け話がある。あんたと組めば、成功は間違いなしだ」

「どういうことだ」

ゴリラは期待と疑惑の入り混じった視線を向けた。おれはさりげなくほのめかした。

「藤堂は最近画家から詐欺師に転業したらしい」

「詳しい話を聞かせてもらおうか」

ゴリラの鼻息がおれの耳たぶをくすぐった。


翌日の午後、おれはゴリラと連れ立って藤堂の自宅へ赴いた。大窓からの外光を紗のカーテンで和らげた広々としたアトリエで、藤堂は不機嫌な顔でおれたちを迎えた。

パンフレットで見た小粋なイメージはカメラマンの腕によるものらしく、実物は顔も体も肉の弛《ゆる》んだ脂ぎったただの中年男だった。おれをゴリラの部下だと勝手に解釈したようで、身分を質されたわけでもないから、こちらもそのままにしておいた。

「捜査の状況はどうなってるんだ。こまめに報告する約束じゃなかったか」

藤堂は苛立ちを隠さない。ゴリラは糞真面目な顔で言い訳する。

「いやいや、こちらも空き巣やらスリやらの事件に追われてまして。ご注文通り非公開で捜査を進めているせいで、なかなか派手には動けんのです」

事前の打ち合わせできょうはゴリラが善玉の役だった。おれは悪玉刑事の演技を開始した。

「なんだか臭いんですよ、藤堂さん。あんたはせいぜい号二十万円の絵描きでしょう。それも国内だけで通用する話で、国際的にはほとんど無名だ。それがなんで突然二枚で一億五千万円もの値がついたんです」

「門倉さん。どうしてこういう躾のなっていない動物をつれてきたんだね」

藤堂は顔じゅうに不快感を滲ませたが、まだ余裕は失っていない。ゴリラはおざなりにおれをたしなめる。

「先生に失礼なことを言うんじゃねえよ、この薄ら馬鹿。いや、すいません。新参者で、根ががさつなうえに教育がなってないもんで――」

ここは芝居だと割り切ろうとしたが、どうも本音としか聞こえない。ゴリラはしらばくれて白紙のメモ帳をめくりだす。

「ところで例のアメリカの大金持ちの蒐集家ですが、えーと、なんていう名前でしたっけ」

「ジェローム・ハルドマンだよ。君のような門外漢には馴染みのない名前だろうがね」

藤堂は舐めた口調で吐き捨てる。

「ところがそうでもないんです。噂によれば世界を股にかけた美術品の故買屋で、扱うのは世界でも第一級の画家の作品ばかり。もちろん表向きはまともな蒐集家を装って、ロンドンやニューヨークのオークションにも参加しています。ＦＢＩも調べているようですが、なかなか尻尾がつかめないと聞いてます」

ゴリラはポーカーフェイスで押してゆく。予想を裏切って、なかなか堂に入ったデカぶりだ。

「噂はしょせん噂にすぎん。それほどの大物が目をつけたということは、私もいよいよ世界の一流に名を連ねたともいえるわけだ」

藤堂は弛んだ顎を揉みながら、まんざらでもない顔で嘯《うそぶ》いた。こちらも堂に入った狸ぶりだ。

「ところで盗まれた絵は、ひょっとして最近開いた個展の案内状に載っていた作品では？」

「いや、モチーフは同じだが、別の作品だ。昨年ニューヨークで開催された美術展に出品したもので、地元の批評家から絶賛を浴びた。作品は当地の有名な美術館がオークションで落札した。それから一カ月後だよ、ジェローム・ハルドマンが百号の大作二点の制作を依頼してきたのは。彼の怪しい噂はたしかに聞いている。しかし注文はニューヨークの由緒ある画廊を介してだ。不審がるほうがおかしいだろう。それが今回盗まれた作品というわけだ」

「同じ系列の作品がほかにもあるでしょう。とりあえずそいつを送ってやったらどうなんです」

「そんなものはないよ。私はどの作品にも命を懸けている。似たような作品を量産してバーゲンセールする無能な画家も世間にはいるようだがね」

藤堂は泰然として隙を見せない。今度はおれが突っ込んだ。

「私が調べたところでは、そのニューヨークの美術展を除けば、ここ二年ほど先生は新作を発表されていない。画家生命が尽きたんじゃないかと画壇じゃ噂されていたようですが」

藤堂はにわかに気色ばむ。

「プロの仕事というのは君たちが考えるほど甘くない。どんな画家にもスランプがある。それを乗り越えるのが真の芸術家というものだ」

「将来性のある若い画家を踏み台にして、枯れ木に無理やり花を咲かせるのも、そりゃ一種の才能でしょうがね。そういうのを世間では盗人というんです」

「どういう意味だ」

藤堂の顔がマティスの赤に変わった。おれはおもむろに手札を広げた。

「芝原卓巳《しばはらたくみ》。S市の片田舎で暮らしている若く貧しい絵描きです。あんたはニューヨークの有名な美術展に出してやると言って彼の作品を預かった。自分も出展する予定だったが、期日までに作品ができず、つい出来心でサインを書き換え、その作品を自分の名義で出展した。ところがそれが絶賛を浴びてしまった」

今度は藤堂の顔色がピカソの青に変わった。おれは矛先をさらに核心に向けた。

「引っ込みがつかなくなったあんたは芝原に話をもちかけた。経済的な面倒は見るから、自分に代わって藤堂博一名義の作品を描き続けろとね。あんたは画壇の重鎮で、逆らえば芝原の画家としての将来を潰すこともできる。ニューヨークで評価された作品を芝原が自作だと主張しても、たぶん誰も信じてはくれない。しかし芝原はそれを断った」

「そんな寝言をどこで仕込んだ」

藤堂は鼻で笑ってパイプに火を点けようとするが、手先が震えて上手くいかない。委細構わずおれは続けた。

「才能が涸れても羽振りの良かったころの浪費癖はそのままで、あんたは山ほど借金を抱えていた。芝原の作品はその窮状を打開する打ち出の小槌になりそうだった。ところが芝原に拒否されて、あんたは瀬戸際に立たされた。そこでニューヨークの悪徳ブローカーと結託した。そのブローカーはジェローム・ハルドマンに渡りをつけて、百号の大作二点を一二〇万ドルで発注するという架空の契約書をでっち上げた」

藤堂の顔がブラマンクの土色に変わった。

「私はここの警察署長とは親しいんだ。ふざけた言いがかりをつけると、君たちの首が飛ぶことになるぞ」

「あんたが内密にしたいと言うから、おれはこの件をまだ上にはあげていない。そんなことしたら藪蛇になるんじゃないの」

ゴリラは呑気に煙草の煙を噴き上げる。おれは穏やかにとどめを刺した。

「黒い噂があるといってもハルドマンは世界の画壇で大物コレクターとして通っている。保険会社はそれを信用して巨額の保険を引き受けた。そこであんたは一芝居演じたというわけだ。絵が盗まれたというのは保険金目当ての狂言で、そんな絵なんか最初から存在しなかった」

藤堂はがくりと肩を落とした。

「どうしてそこまでわかったんだ」

「ニューヨーク市警にダチ公がいてね。あんたの付き合っているブローカーをちょっと締め上げてもらったんですよ」

醒めた口調でおれは答えた。もちろん真っ赤な嘘だった。


筋金入りの悪徳警官ぶりを発揮して、ゴリラはその場を見事に締めくくった。

藤堂はゴリラが預かっていた被害届を撤回した。保険会社にはまだ通報していなかったので詐欺事件としては成立しない。つまりおれとゴリラが口をつぐめば、今回の狂言はそっくり闇に葬れる。ただしそのコストは高くついた。ゴリラの要求に応じて藤堂はその日のうちに現金を掻き集め、おれとゴリラにそれぞれ三百万円の口止め料を支払った。

その夜は珍しくゴリラのおごりで一杯やった。予想外の臨時収入にほくほくしながらも、ゴリラはやはり訝しげだ。

「あの話、ぜんぶおまえの推理じゃねえよな。ネタ元はいったいどこなんだ」

おれは生真面目な顔で空とぼけた。

「探偵には守秘義務というものがある。情報源は明かせない」

それは愛ちゃんとの約束だった。信じがたいと同時に口惜しい話でもあるが、彼女はゴリラを愛しているらしい。ゴリラには言わないという条件で愛ちゃんはすべてを語ってくれた。

芝原の父親は十数年前にマニラで誘拐され、身代金交渉に失敗して殺された日本人商社員だった。民族派ゲリラの仕業だったが、けっきょく犯人は捕まらなかった。芝原の写真立てのなかの父親の顔に見覚えがあったのはそのせいで、当時、その事件は大々的に報道された。テレビや新聞で見たその顔が、おれの記憶に引っかかっていたらしい。

愛ちゃんは当時その商社員の家に雇われていた。事件のあと卓巳は母親とともに日本へ帰り、愛ちゃんとは長年会うこともなかったが、つい二年前、街で偶然卓巳に声をかけられた。子供のころから絵が好きだった卓巳は、日本へ帰って画家の道を志し、東京の美大を出たが、なかなか花が開かなかった。たまたまS市の私立高校で美術の臨時教師の職が見つかって、その年にこちらに越してきたらしい。

二人は再会を喜んだ。それからときおり会うようになったが、愛ちゃんにすればただ懐かしいだけの関係で、不倫という気持ちはさらさらなかった。自分を可愛がってくれた芝原一家への感謝の思いもあった。しかしゴリラが猜疑心の強い性格だということは知っていたので、ついそのことは内緒にしていたらしい。

母一人子一人の家庭で育った卓巳は経済的にも苦しかった。死んだ父親に支払われた退職金も弔慰金も美大への進学で使い果たした。臨時教師の職は昨年失い、画材を買うにも苦労するようになった。

それでも母に苦労はかけられないと頑張る卓巳のために、愛ちゃんはできる限りのことをしてやった。ゴリラに内緒で小遣いを渡したり、身の回り品を買い与えることもあった。ゴリラの自宅前でおれが遭遇したときも、卓巳はたぶんそんな理由で訪れていたのだろう。

そんなこんなの付き合いが続くうちに、それまで静物専門だった卓巳が、突然女性を描きたいと言い出した。なにか閃きがあるのだろうと、愛ちゃんは迷わずモデルを買って出た。卓巳の絵が変わりだしたのはそれからだった。下手ではないが才気には乏しかった作品に、素人の愛ちゃんでもわかるような輝きが現れた。

それでも買い手はつかなかった。高名な画家の藤堂博一が市の油絵教室の講師をやっているのを知り、伝手ができないかと愛ちゃんはそこに通いはじめた。

藤堂は愛ちゃんに興味を示した。男としての下心があるのはわかっていたが、卓巳をなんとかしてやりたい一心で愛ちゃんはその誘いに応じた。何度かデートを重ねるうちに、上手く話をもちかけて、卓巳の絵を藤堂のコネでニューヨークの個展に出品させるところまで漕ぎつけた。

しかし結果的に藤堂に騙されたことを知って、愛ちゃんは打ちのめされた。良かれと思ってしたことが、そして卓巳の実力が世界の檜舞台で評価されたそのことが、卓巳の将来を潰す結果を生んだのだ。愛ちゃんが最近暗くなり、ゴリラの前で口数も少なくなったという、ゴリラを悩ませた変化の理由はおそらくそれだった。

その話を聞いておれの脳細胞はフル稼働した。卓巳は藤堂の誘いを拒絶したという。それなら藤堂の手もとに卓巳の絵は一枚もないはずだ。架空取引の相手のハルドマンについての悪い噂は図書館で漁った美術専門誌ですでに知っていた。あとはあてずっぽうに近い推理だが、当人にぶつけてみたらまさに図星なわけだった。

そこまでの話をおれは腹の底にしまいこんだ。ゴリラは納得しがたいようだったが、三百万円の余禄のせいでそれ以上は追及しなかった。あの絵のモデルが愛ちゃんだということは藤堂もじつは知らなかったようで、似ているといっても、そう思えばそう見えるという程度にすぎないはずだ。ゴリラが感づいたのは、彼女への強い思いがもたらした人間離れした直感のせいでもあるだろう。

しかし一件落着というにはまだすっきりしない。ここから先はボランティアになるが、愛ちゃんと卓巳のためにおれは一肌脱ぎたくなった。このままじゃ二人は余りに浮かばれない。

数日後、おれは愛ちゃんを伴ってあの山奥の集落へ向かった。むろんゴリラには内緒の行動だった。卓巳の暮らす民家に近づくと、庭から煙が立ち昇るのが見えた。悪い予感に襲われて、慌てて庭先に車を乗り入れた。

卓巳が庭で焚き火をしている。その傍らに山積みされた数十枚のキャンバス——。

「やめるんだ、卓巳！」

おれは叫んで駆け寄った。

「もう、おしまいだよ。この絵が災いの元だった。この絵を描いたお陰で、僕の未来は踏みにじられた」

卓巳はそう叫んで、愛ちゃんがポーズをとるタブローを次々摑みとり、焚き火のなかに投げ込んだ。テレビン油が燃える刺激臭が鼻を突く。キャンバスにめらめらと炎が燃え移る。愛ちゃんのあでやかな姿態にみるみるケロイドが広がってゆく。

おれは卓巳を突き倒した。地べたに這いつくばって卓巳は肩を震わせた。愛ちゃんは傍で声を上げて泣いている。焚き火に投げ込まれたのはまだ五枚ほどで、残りの数十枚は無事だった。

助かった絵を母屋に運び込み、おれと愛ちゃんは卓巳と向き合った。卓巳は絵を燃やしたあとで死ぬつもりだったらしい。愛ちゃんへの遺書まで書いてあった。おれたちの到着はまさに間一髪だった。

自分の創ったスタイルは藤堂のものとしてすでに認知されている。これから自分がなにを描こうと、世の中は藤堂の模倣者としてしか認めない。それならもう絵を描いてもしようがない——。それが卓巳の言い分だった。

もう一度闘うべきだと、おれと愛ちゃんは説得した。秘策はすでに練ってある。ここは正面突破しかありえない。

近眼のマサは国際派ヤクザで、アメリカのマフィアにも知人が多い。翌日事務所を訪れて事情を話すと、マサはその場で国際電話をかけてくれた。近ごろのマフィアは外目にはまっとうなビジネスマンそのもので、なかにはマンハッタンあたりで画廊経営するような手合いもいるらしい。

いくつかの伝手をうまく繋いで、マサはマンハッタンのど真ん中の名門画廊に話をつけてくれた。おれは藤堂から巻き上げた三百万円を渡航費用として卓巳に手渡した。もちろん出世払いの約束で。

卓巳は作品を携えて海を渡った。のるかそるかの賭けだった。世間の反応は最初は鈍かった。そのうち一部の批評家が騒ぎ出した。あれは藤堂の模倣ではないか。いや模倣したのは藤堂ではないか——。

昨年の美術展で注目されて以後、藤堂は作品を発表していなかった。しかもそのときの作品は過去の作風と余りにも異なっていた。藤堂は新境地だと嘯いたが、同じ主題と技法で描かれた卓巳の圧倒的な作品群を目の当たりにすれば、当地の批評家がどちらに軍配を上げるかは明らかだった。

藤堂名義の作品を購入した美術館は作品のX線鑑定を行った。結果は明白だった。丹念に塗り込められた絵の具の下に、卓巳の署名が隠されていた。藤堂の署名はその上に重ね書きされていた。美術館からの提訴を受けて、ニューヨーク地検は詐欺容疑で藤堂を訴追した。

そんな世間の騒ぎも追い風になり、個展に出品した作品は完売した。卓巳は一躍ニューヨーク画壇の寵児になった。

渡米して一カ月後、そんな報告を携えて卓巳はおれに挨拶に来た。今後はアメリカに拠点を移して創作活動をするという。出世払いの三百万は即金で返してくれた。さらに感謝の気持ちだといって二十号の絵を一枚置いていった。愛ちゃんの絵ではなかったが、ニューヨークで描いた新作の風景画だという。

マンハッタンの黄昏を描いたその作品を薄汚れた壁に飾ってみたら、なんだか幸せな気分になってきた。つい気になって本屋に出かけ、美術雑誌をめくってみた。芝原卓巳の作品はいまでは号三十万円の値がついているらしい。だったら二十号ということは——。おれは素早く暗算した。幸せな気分になるのももっともだった。


夕刻、ゴリラが事務所にやってきた。気味悪いほど機嫌がよかった。

「探偵、よくぞきょうまで騙してくれた」

腹に一物《いちもつ》ありそうだ。テーブルの下で拳をつくって予期せぬ襲撃を警戒する。

「芝原卓巳がうちに来た。洗いざらい話を聞いたよ」

「話って、なんのことだ」

おれは警戒を緩めなかったが、ゴリラは心底嬉しそうだ。

「モデルの件やらいろいろな」

前途有為の若者の命知らずの行為に啞然とした。

「まさか殺しちゃいないだろうな」

「馬鹿言うんじゃねえ。あいつのお陰でおれは愛ちゃんの気持ちが確認できたし、愛ちゃんも心の重荷がとれたんだ」

馬鹿にものわかりのいい口を利く。ゴリラの頭の調子を疑った。

「熱はないのか？　頭痛はしないか？」

「いいよなあ、春ってのは。青春という言葉を発明した人間をおれは尊敬するね――」

人の心配をよそに、ゴリラはどこか間延びした声で言う。

「愛ちゃんが野郎の前で裸になったと聞いたときは、絞め殺してやろうかと思ったよ。藤堂とデートした話を聞いたときも、頭のてっぺんで火が噴いた。だがな、おれは思い直したんだよ。それはすべて愛ちゃんの優しさから出たことだ。そんな優しい愛ちゃんが、いちばん好きなのはおれだって言ってくれて、おれはすべてを許す気になったんだ」

ゴリラは慈愛に満ちた眼差しを宙に漂わせた。ゴリラの世界に天使がいるなら、きっとこんな顔だろうとおれは思った。その視線が壁にかかった卓巳の絵の上で静止した。

「なんだ。おまえももらったのか。絵柄は違うが、おれんとこにも同じサイズのをもってきた。最新作だと言ってたな。愛ちゃんは市に寄贈するつもりらしい。うちに置いとくより、できるだけ大勢の人に観てもらいたいといってたな」

「そうか。さすが愛ちゃん、気前がいいな。卓巳の絵のいまの相場は号三十万で、これから先もっと上がるそうだ」

死蔵する予定の我が身を省みながら、感慨を込めてそう言った。とたんにゴリラの目が血走った。

「ちょっとまて。この絵はいったい何号だ」

「二十号だと聞いている」

「号三十万で二十号。すると——」

ゴリラは机の電卓を摑みとり、ソーセージのような指で慌しくキーを打つ。

「そりゃまずい。そんなお宝を、なんで寄生虫同然の糞市民どもにくれてやらなきゃならんのだ。いますぐ止めなきゃ。探偵、邪魔したな」

地響きを立ててゴリラは駆け出していった。ビー玉がダイヤに変わることがないように、やっぱりゴリラはゴリラのようで、おれはなんだか安心した。

五月のシンデレラ

どこで貧乏神と懇《ねんご》ろになったのか、ここ一カ月ほど仕事がない。

仕事がないから金がない。金がないから元気がない。元気がないから仕事が逃げる。そんな悪夢のスパイラルに巻き込まれ、厄払いのつもりで昨夜は少し飲みすぎて、朝から脳味噌が液状化した気分だった。

割れそうな頭をいたわりながら昼過ぎに事務所へ出てくると、電話番の由子と山藤組の若頭の近眼のマサがなにやら話し込んでいる。応接セットのテーブルの上には写真やら書類のようなものが広げてある。

レギュラーコーヒーの香りが鼻をくすぐった。客には出がらしのお茶しか出さないという営業の鉄則を破って、由子がとっておきのドリップバッグを勝手に使ってしまったらしいが、手土産があるのならこの際だからそれも許せる。

「コーヒー代に見合うくらいの仕事はもってきたんだろうな」

内心期待を膨らませながら、そっけなく近眼に問いかけた。

「きょうは仕事の話じゃねえんだよ、探偵」

近眼は堅気の善人のような笑みを浮かべる。

「あのねえ、所長。じつはねえ——」

由子が機嫌のいい顔で振り返る。重症の貧血症だとかで、午後三時までは仏頂面というのが普段のパターンだ。どこかはにかむようなその微笑みが、よからぬ事態を予期させる。由子はもじもじしながら言いよどむ。焦れたように近眼が切り出した。

「じつは縁談なんだよ」

「縁談？　誰の？」

当惑しながらソファーに腰を下ろす。目の前には指定暴力団の若頭の近眼と天性の尻軽女の由子しかいない。「縁談」という言葉が水に落ちた廃油ボールのような違和感を伴って宙に浮く。由子が突っかかってくる。

「あたしのに決まってるじゃない。近眼さんには奥さんがいるし、所長はいろんな点でそういう話の対象外だし」

「いろんな点てのはどういう点だ？」

「適齢期をとっくに過ぎているし、身持ちが悪いし、資産もないし——」

さらに数え上げようとする由子を尻目に、おれは近眼に問いかけた。

「縁談ということは、相手はやくざか」

「おれが堅気のお嬢さんにそんな話をもってくるわけねえだろう」

近眼は分厚いレンズの奥で目を細める。なにやら自信ありげだが、こちらにすれば金にもならない話で、とたんに気持ちが冷めてくる。

「だったらどこの馬の骨だよ」

「おれの出た大学の後輩だ。ＩＴ関係の会社をやってるんだよ。最近、急成長して注目されているベンチャー企業だ」

「あんたの出た大学？　たしか尖閣列島にある大学だったな」

「そんなところに大学があるわけねえだろう。おれが出たのはＫ大の法学部だ。話の相手はそこの経済学部卒だ」

近眼はハンガーのように薄い肩を怒らせる。大卒のインテリやくざだとは聞いていたが、私立の名門のＫ大卒とは知らなかった。

「要するにそいつにはたんまり金があるというわけだ」

ちらりと由子に視線を投げる。由子はむきになって言い返す。

「違うわよ。大事なのは人柄よ。それに所長と違ってハンサムだし、頭もいいし――」

「おれに喧嘩を売りたいのか」

堪忍袋の緒が切れかけたところを、近眼が慌ててとりなした。

「まあ落ち着けって。由子ちゃんは少々誇張しただけだ」

「誇張した？　つまり多少は当たってるというわけか？」

「そうむくれずにこれをみろよ」

近眼はテーブルの上の写真と書類をかき集めて手渡した。書類の一枚は経歴書で、あとは会社概要やら家系図のようなものやらだ。とくに見たいとも思わなかったが、否応なしに写真の男が目に入る。金はあってもケチなのか、どれも写真館で撮ったものではない。普段着姿のスナップだ。

髪は豊かで、眉は濃く、瞳は涼しげで、すっきり通った鼻筋が顔全体の印象を整えている。認めたくはないがたしかにおれよりハンサムで、知的な匂いもぷんぷんする。カジュアルな身なりにも貧乏臭いところがない。どこかで見たような顔だったが、すぐには思い出せなかった。

経歴書を手にとってみる。岸川達也《きしかわたつや》。K大経済学部を卒業後、シカゴ大学に留学し、経済学修士号を取得。帰国後は「パイプライン」というインターネット上の広告ビジネスの会社を立ち上げて、いまや業界トップの地位にあるらしい。

ようやくどこで見た顔か思い出した。数日前の新聞のインタビュー記事で、ITとマスメディアの融合がどうのこうのと、利いたふうな理屈をこねていたのを覚えている。

「こんなご立派な経歴の人間が、なんでやくざのあんたと付き合いがある？」

「毎年校友会のパーティーがあるんだよ。そこで知り合って意気投合したんだ」

「やくざがそんなところへ出かけていいのかよ」

「やくざやくざと言うんじゃねえよ。おれはサンライズ興産というれっきとした会社の社長だぞ」

「だったらこんな毛並みのいい人間が、なんで由子なんかに縁談をもちかける。黙ってても、もっとましな女が靡《なび》いてくるだろう」

「由子なんかってどういう意味よ。もっとましな女ってどういうことよ。むかつくわね」

今度は由子が眦《まなじり》をつり上げる。近眼がまあまあと割って入る。

「そこにはいろいろ事情があるんだよ――」

近眼のいう事情とはこうだった。岸川の家は祖父の代までここS市にあった。先祖は戦国大名というこの一帯では屈指の名家で、祖父は醸造業を営んでいたが、戦後まもなく大豆相場で大火傷をし、財産をすべて失って、着の身着のままでこの地を去った。

一家は東京に落ち延びたが、祖父は傷心の果てに隅田川に身を投げた。若くして一家の柱を失った岸川の父は、裸一貫から身を起こし、大豆への恨みを晴らそうという魂胆でもあったのか、下町で小さな豆腐屋を開業した。

食うや食わずというほどではないが、暮らしはかつての栄華とはほど遠かった。幼いころから家業を手伝いながら、岸川は一家の再興を夢見て勉学に励んだ。学業は優秀で、しかもハングリー。よくあるサクセスストーリーのパターンだ。

父も家業を継がせることに執着はしなかった。岸川は名門のK大に進学した。当時はバブル景気の全盛期。海外旅行に合コンにと遊び呆ける周囲の学生とは距離をおき、ひたすら学業に精を出した。

学者として身を立てる気はもとよりない。目指したのは実業界での成功だった。アメリカへの留学の目的も、学問への興味より、そこでつけた箔によってビジネス社会により高く自分を売ることにあった。

帰国後はネット広告の分野に先鞭をつけ、単身実業界に打って出た。バブル経済はすでに失速していたが、代わって沸き起こったＩＴブームの波に乗り、ビジネスは急速に成長していった。

しかし岸川の真の目標はさらに先にあった。ビジネスでの成功はその踏み台に過ぎなかった。彼の野望は日本人としての位階の頂点に君臨することだ。政界に進出してゆくゆくは首相の地位を目指す。そのためにはいまが転身の絶好のチャンスと読んでいよいよ準備に着手した。その第一歩が、かつて一家が恥辱にまみれてあとにした郷里のＳ市に錦を飾り、来るべき総選挙に向けて強固な地盤を築くことだった——。

「その話がどうして由子との縁談に結びつくんだ？」

訝しい思いで問いかけると、近眼はにんまり笑ってコーヒーを啜る。

「いつの時代も選挙じゃ地縁血縁が決め手になる。しかし郷里を離れて二代を経た岸川はそこが弱い。ビジネスで成功してからは擦り寄ってくる縁者も多いらしいが、祖父の時代に一家を見限り、援助の手一つ差し伸べなかった連中を岸川は信用していない。そこで由子ちゃんが重要な役割を帯びてくるわけだ」

「わけがわからん」

おれは傍らの由子に目を向けた。由子は見下すような視線を返す。

「つまりわたしの家柄よ」

「おまえの家柄？」

頭のてっぺんから声が出た。由子の父親はS市役所の係長だと聞いているが、せいぜい年功に見合った地位というところで、市政に影響力を及ぼすほどの大物ではない。資産家だとも聞いていない。家は数年前に建てたツーバイフォーで、十五年のローンを組んだと聞いている。そもそも由子が家柄という言葉がふさわしいようなセレブなら、おれの事務所の安月給で働く必要などないはずだ。

近眼はやおら身を乗り出す。

「岸川はS市に在住している人間の家系を片っ端から調べたそうだ。自分の家系に匹敵するかそれ以上の由緒ある血筋を引く未婚の女がいないかとね。大手の調査機関に委託して、金に糸目をつけず調べまくった。そして浮上したのが、ここにおわしますお姫様だよ」

「本当なのか？」

おれは猜疑心のホルモンを総動員して問いかけた。近眼はおれの手から書類の一枚を引き抜いて、ひらひらと目の前に振りかざす。

それをまた奪いとって目を通す。第五十六代清和《せいわ》天皇から始まる家系図で、源《みなもと》姓が三十代ほど続き、その後堀川《ほりかわ》姓に変わっている。最後に由子の父親の名が堀川家六十九代目当主として記録されている。それが本当なら由子は清和源氏の血筋を引く血統書付きのお姫様だ。

「これを信じろと言われてもなあ」

そうは言いながらも、由子の頭のうしろに心なしか後光が射してみえてきて、おれは慌てて目を擦った。

「堀川氏ってのは室町時代にこのあたりで勢力を振るっていた豪族で、戦前までは市内に古い城址が残っていたそうだ。空襲でめちゃめちゃに破壊され、戦後のどさくさ紛れにそこに住宅が建てられて、いまじゃ見る影もなくなったらしいがね」

近眼は自信満々だ。いよいよ頭が混乱してくる。

「それでおまえら、なにを画策してるんだよ」

「探偵。あんただって新聞くらいは読むんだろう」

「たまにはな」

「経済特区ってのを知ってるか」

「構造改革がどうのこうのの絡みで、そこだけに限って規制を緩和するって話だろう」

「よくできました。正式には構造改革特別区と言うんだそうだ。だったらどこかの国の都知事が、都内の埋立地を特区にしてカジノをやらせろって騒いでいるのも知ってるな」

「ああ。しかし国にはその気はないんだろう」

「あそこがＯＫなら、日本中どこでもＯＫになりかねない。それじゃ世間の風当たりが強すぎる。なにしろ東京は日本の顔だからな」

「顔じゃなく、腋の下とか股ぐらなら構わないというわけか」

「そのとおり。岸川はここＳ市をわが国初のカジノ解禁特区にしようとしている。それで地元が潤えば、ゆくゆく総理の座を狙うための磐石《ばんじゃく》の基盤が確立できる」

「次の選挙に当選したからって、駆け出しの政治家にそんな力があるわけないだろう」

「そこは岸川は抜け目がない。車がガソリンで動くのと同じように、政治は金で動くものと相場が決まっている。次期総裁の呼び声が高い与党の石塚《いしづか》幹事長だがな。じつは大のギャンブル好きで、党内じゃカジノ解禁推進論者として知られている」

「岸川はそいつのタマを握っているのか」

「そういうことだ。次期総裁選のための政治資金も内情は岸川頼みだ。まだ若いが岸川は財界に強いコネがある。石塚の政治資金の三割くらいは岸川のパイプを通じて集まっているそうだ」

「気鋭のベンチャー経営者どころか、たちの悪い政治ゴロじゃないか」

「善良な一般市民みたいな感想を言うんじゃねえよ。十円玉だってさつま揚げだって便器の蓋だって表と裏がある。政治の世界だっておんなじことだ」

「で、要するにその薄汚い話と由子の縁談と、いったいどういう関係があるんだよ」

「岸川は戦国大名の直系で、由子ちゃんは清和源氏の血筋を引くお姫様だ。そのうえ岸川は苦労の末にITビジネスの頂点に登りつめた時代のヒーローで、由子ちゃんのほうは三流探偵事務所の事務員に身をやつし、薄給と過酷な労働に耐えている悲劇のヒロインだ。まさに現代のシンデレラ物語じゃねえか。選挙に向けた話題づくりには格好だ」

そこまで言われて、おれの頭もぶち切れた。

「なにが薄給と過酷な労働だ。なにが悲劇のヒロインだ。猫も杓子も携帯電話をもってる時代に、帳簿つけもまともにできない気の利かない女を電話番として雇ってやってるんだ。感謝されこそすれ、恨まれる筋合いはない」

「そこまで言わなくたって——」

由子がべそをかき出した。近眼がちらりと目配せをする。馬鹿の言うことは気にするなという意味に受けとれる。おれは黙って立ち上がった。

「どこへ行くんだよ。まだ話は途中だぞ」

近眼は慌てて引き止める。おれは無視してドアに向かった。

「組長の機嫌を損ねてもかまわねえのか?」

近眼の発した言葉がぶすりと背中に突き刺さる。それは即効性の毒矢のようにおれの体を硬直させた。

「山虎の親分までその話に絡んでいるのか」

慄《おのの》きながら問い返す。山藤組組長山藤虎二――。おれの最大の顧客だが、敵に回せば商売が干上がるどころか、コンクリートの下駄を履かされて魚の餌にされかねない。

「政府公認でカジノを開帳できるというのに、本業が博徒の山藤組が指を咥えているわけにゃいかねえだろう」

近眼はそれが社会の常識のように言う。世間の裏の薄汚さにはそこそこ免疫があるつもりだが、ここまでくると良識の虫が騒ぎ出す。この国の行く末を憂慮しながら、おれは嫌々ソファーに戻った。

「由子にとってはめでたい話かもしれないが、とりあえずおれには用はないんだろう」

「そういうわけにゃいかねえんだよ。探偵。じつはあんたにもひと働きしてもらいたい」

「仲人でもやれっていうのか」

「そりゃあんたじゃ力不足――。いや、その、人間には適材適所ってことがあるわけだ」

近眼は慌てて取り繕う。急に神経を使いだしたところが気にいらない。

「だったらなにをやれって言うんだよ」

「由子ちゃんの身辺をきれいにして欲しい」

「由子の小間使いをやれって言うのか」

「そうじゃない。その、つまり、よからぬ噂を吐き出しそうな連中のところを回って、口を封じて欲しいんだよ」

要するに由子がとっかえひっかえ付き合ってきた頭の悪いガキどもが、あらぬ噂を撒き散らさないよう話をつけろということらしい。

「そんな仕事はやくざのほうが専門だ。組の若い者が一声すごむだけで済むだろう」

「今回の話はそこがデリケートでね。おれたちゃあくまで黒子に徹する。表に出るわけにゃいかねえんだ。脅しなんてのは禁じ手だ。これで穏便に話をつけてきてくれねえか」

近眼はポケットからとり出した厚めの茶封筒を投げて寄こした。手にした感触で百万はあるとわかったが、由子が寝た男の数を思うとこれで足りるかまだ不安だ。

「不足が出たら追加してもらう。おれの報酬は別途請求する」

「ああ、そうしてくれ。金に糸目はつけねえよ。首尾よくことが運んだら、組長からもたんまりご祝儀が出るはずだ。由子ちゃんはゆくゆくファーストレディだ。組長はじめうちの組員全員が、堅気になって政府公認のカジノで仕事ができる。会社の名前も腹案があるんだ。マウンテン・タイガー・カジノ・アンド・ホテルズ。どうだいラスベガスっぽくていいだろう。日本中からわんさか博打好きが集まって、地元にたんまり金を落とす。それでみんなが幸せになれる、あんたも働きによっちゃ重役に取り立ててやってもいいんだぞ」

近眼は口角泡を飛ばす。日ごろは冷静な男なのに、いまは頭のねじが飛んでいる。ここまで近眼をたぶらかせるということは、岸川という人物はひょっとすると本当に大物かとも思えてきた。

「組長の肝煎りならおれも一肌脱ぐしかないが、世の中そうは甘くはないぞ。少しは頭を冷やしたほうがいいんじゃないのか」

「わかった。私が幸せになるのに嫉妬してるんだ」

傍らで由子が憎まれ口を叩く。おれも柄にもない言葉を口にした。

「愛のない結婚で幸せになれるのか」

「愛はこれから育てていくものよ。まずは幸せを手に入れることよ」

由子の瞳のなかで「¥」のマークがダンスを踊る。おれは札束入りの茶封筒をポケットに突っ込んで、ため息を吐きながら立ち上がった。浴びせかけられた強欲の毒素をサウナにでも行って洗い流したかった。


外はぽかぽか陽気の五月晴れで、目抜き通りの並木の若葉がきらきら光って目に眩しい。ポケットの札束がやけに重い。自分一人が置き去りにされたような物寂しい気分が纏《まと》いつく。

力の入らない足どりで駅前に向かって歩く。商店街は閑散として、道行く人の顔が等しなみに呆けて見える。街全体に活気がない。やくざのしのぎも経済活動の一環だとすれば、岸川が持ち込んだ美味《うま》い話に近眼や山虎が飛びつく気持ちもわからなくはない。

だからといってあの話には無理がある。由子が清和源氏の流れを引くお姫様？　脱力感で顎の骨が外れそうだ。岸川が持ち出したあの家系図がまず眉唾だ。家系や家柄を小道具に使う手口は詐欺の世界では珍しくない。

まずそのへんから裏を探ってみる必要があるが、そんな動きが山虎に知れれば恨みを買うのは間違いない。依頼された仕事でもないから一銭の得になるわけでもない。しかしあの岸川という男は、おれにはなんとも虫が好かない。由子はそれを嫉妬だと言う。もちろんおれは否定しない。隣人の幸せが嬉しいなどと言うやつは偽善者だ。おれは自分の心に忠実なだけなのだ。

近眼に頼まれた仕事は急ぐこともない。総選挙はまだ先の話だし、噂のもとに蓋をするにしても現実問題としてはもう手遅れだ。由子の男遊びの実態は、周囲の人間には飼い猫の生態以上によく知られている。

そうはいってもどう動くべきか思いつかない。頭と体から老廃物を搾り出せば、少しはいい知恵も浮かぶかもしれないと、さっそく駅前のサウナに飛び込んだ。

体を流すのもそこそこに高温サウナ室に入っていくと、不格好な丸刈りの才槌頭《さいづちあたま》がお経だか演歌だかわからない鼻歌を歌っている。事務所の近所の朴念寺《ぼくねんじ》の住職——喜多村向春《きたむらこうしゅん》。かみさんの浮気調査で一仕事させてもらったことがある。知らんふりをするわけにもいかないので声をかける。

「和尚《おしょう》、暇そうじゃないですか」

「なんだ、探偵か。いや、ここだけの話だが、最近は人の寿命が延びる一方で、坊主にとっては逆風でな。みんながもっところころ死んでくれんと、わしらの商売は上がったりだ」

ここだけの話だと言いながら、声帯のボリュームを絞りもせずに和尚は呵呵大笑《かかたいしょう》する。

「おれだって、できればお世話にはなりたくないですよ」

「人間いずれ死ぬことに決まってるんだ。利他の心こそ仏教の根本だ。往生際の悪いことを言わずに、功徳《くどく》だと思って協力してくれ」

板張りのベンチに胡坐《あぐら》をかいて、鰻の頭のような一物を揺らしながら、和尚はきょうも上機嫌だ。

「和尚のキャバクラ遊びの資金調達のために、命を失ってちゃたまりませんよ」

「それも功徳だよ。わしは現世の観音様に喜捨しとるんだ。そのご利益《りやく》でおまえも極楽に行ける。だから心おきなく死んで欲しい」

笑えないジョークの連発に辟易《へきえき》して、おれは強引に話題を変えた。

「和尚はこの土地の歴史には詳しいんでしょう」

「歴史って、要するにいつぐらいの話だ」

「室町時代とか戦国時代ですよ」

「そんな昔から生きてるわけじゃないからな」

和尚は首に巻いたタオルで洟《はな》をかむ。

「それじゃ妖怪ですよ。朴念寺は古くからの由緒ある寺なんでしょう。古文書みたいなものは残っていないんですか」

「古い小汚い書き物が庫裏《くり》の押し入れにいくらでもあるよ。燃えるゴミの日に出しちまいたいんだが、市の文化財に指定されてるのがいくつもあってな。分別するのが面倒なんでそのまま放ってあるんだよ」

和尚が言うと冗談に聞こえないから恐ろしい。

「堀川氏についての記録は残っちゃいませんか。室町時代の豪族で、このあたりを縄張りにしていたそうなんですが」

「もちろんあるだろう。そもそも朴念寺は室町時代には堀川氏の菩提寺だった。しかし中身は読んだことがない。ああいうミミズののたくったような字を読むのは億劫《おっくう》でな」

朴念寺が堀川氏の菩提寺——。妙なところで鉱脈に突き当たった。おれは慌てて言葉を継いだ。

「じつはその堀川氏の末裔《まつえい》が、この土地にいまもいるそうなんですが」

「あんた、たしかこの土地の生まれじゃなかったな」

和尚は汗を拭き拭き訊いてくる。

「ええ、居心地がよくて住み着いてしまった口で」

「わしの寺の墓地、見たことあるか」

「いや、ああいう場所は苦手なもんで」

「だったら一度見学しとくといい。あんたももうじきあそこへ入るようになる」

「いや、まだしばらくは遠慮しときます。それより、その墓地がどうしたんです」

「なになに家之墓って彫ってあるだろう。あれを見ればよくわかる」

和尚は謎をかけるように言う。

「つまり、どういうことです？」

「堀川家之墓のオンパレードだよ。全体の三割近くが堀川だ」

「つまり、この土地には堀川姓の人間が大勢いると」

「しかし全部が堀川氏に繋がっているわけじゃない。堀川というのは江戸末期までこのあたりの地名でもあってな。明治維新で平民が苗字を持つことになったとき、それをそのまま借用してしまった者も多いと聞いている」

「そのなかから本物の堀川氏の末裔を探すのは大変ですね」

落胆しながら調子を合わせると、和尚はぽつりと言い添えた。

「その家に代々受け継がれた家宝でもあればいいんだがな」

「家宝？」

「つまり、天皇家に伝わる三種の神器みたいなもんだ」

「堀川家に代々伝わる家宝ってなんですか」

「知らん」

和尚は言い捨てて一物の脇をぼりぼり掻いた。

「そこまで言って無責任な。なんとか調べてくださいよ」

「なんでそんなことに興味があるんだ」

和尚は腹を探るように目を向ける。ここはとぼけてやり過ごす。

「いやその、わたしも、いまじゃこの土地に骨を埋めようという気になりましてね。それで第二の故郷の歴史を勉強しようと」

「骨を埋めるんなら、なるべく早いほうがおれは嬉しい」

「そういう問題じゃないんですよ」

「だったらどういう問題だ」

「だから、堀川家の直系の証拠になるお宝とはどういうものなのか」

「ただで調べろというのか」

「お布施は弾みます」

「どれくらい」

和尚は間髪を入れず訊いてくる。とりあえず指を一本立ててみせる。

「百万か」

「そこからゼロを二つとってください」

「馬鹿を言うな。ガキの小遣いじゃあるまいし」

和尚は不満げに鼻を鳴らす。やむなく指を二本立てる。和尚はすげなく首を振り、おれの顔の前に片手を広げた。

「これだな」

「わかりました。ただし答えを見つけてくれたらですよ」

「成功報酬とはけち臭いな」

和尚はまだ不服顔だ。首尾よくいけば近眼から預かった百万から流用するつもりだが、この人物の人柄はいまひとつ信用しがたい。

「貧乏探偵に慈悲の心で手を差し伸べてください。それも功徳になりますよ」

「上手いことを言うじゃないか。探偵なんかやめて坊主になれ。死人は生きた人間のようには手がかからんぞ」

和尚はからから笑って立ち上がり、一物を揺らしながらサウナ室を出て行った。

サウナで寝疲れするほど昼寝して、五時半過ぎに事務所へ戻ると、由子が珍しく居残っていた。先ほどの喧嘩の続きを仕掛けようと待ち構えているのかと思ったら、しおらしい顔で話しかけてきた。

「所長。さっきはごめんなさい。私、すっかり舞い上がっちゃって」

「おれのほうこそ言葉が過ぎた。謝るよ。それよりどうした、思い詰めた顔をして」

「なんだか不安になってきちゃって」

「例の縁談か」

由子はこくりと頷いた。

「近眼さんが帰ってすぐ、岸川という人から電話がきたのよ」

「そりゃまた、気の早い話だな」

「その電話がちょっと変なの」

由子は不安げな眼差しを向けてくる。

「どう変なんだ?」

「叱られたの」

由子と付き合って二日も経てば、だれでも叱りたいところが両手両足の指でも不足するくらい出るはずだが、初めての電話でというのが腑に落ちない。電話の応対はしっかり仕込んである。礼儀作法にうるさい得意先の親分衆にも、その点だけは評判なのだ。

「どう叱られたんだ?」

やさしい口調で訊いてやると、由子は瞳に涙を滲ませた。

「私のことをなんでも知ってるの。私が付き合った男の子たちのことも。それでね。結婚する以上、そんな身持ちが悪いことでは困る。そういう低レベルな連中とは今後一切付き合わないようにって。それから――」

由子はしゃくりあげながらさらに続ける。

「私の学校時代の成績もみんな知っていて、政治家の夫人になるためには、もっと知的レベルを向上させなければだめだって」

おれも同感だと言いかけたが、由子の悲しげな顔を見てそのまま言葉を呑み込んだ。

「それからね――」

由子はまた続けた。

「私に東京へ出てこいって言うの。ホテルに缶詰にして、徹底的に再教育するんだって。言葉遣いから食事のマナーから基本的な教養まで、それぞれ先生をつけてびしびし鍛えるんだって」

なんだかマイフェアレディの筋書きに似てきたが、それも願ったりだとおれは思った。しかし由子の顔はいよいよ悲しげだ。

「私、勉強が死ぬほど嫌いなの。それに東京でなんて一度も暮らしたことないから、田舎者だってみんなに馬鹿にされそうで――」

「両親にはもう話したのか」

「あれからすぐに、父に電話を入れたの。そうしたら、もうとっくに本人から電話がいってたの」

「馬鹿に手回しがいいな。親父さんはどう考えてるんだ？」

「舞い上がっちゃってるわよ。母もそうよ。なにを言われても逆らうな。正式なプロポーズがあったらすぐに受けろ。断ったりしたら親子の縁を切るって」

「おまえだってさっきは乗り気だったじゃないか」

「でもなんだか利用されてるだけって気がするの。さっき山虎さんからも電話がきたの」

「山虎がなんだって？」

「今度の話はS市全体にとってありがたいことだ。地元経済の発展のためにぜひ頑張ってくれ。もし断るようなことがあったら、所長ともどもS港の沖でタイやヒラメの餌にするから覚悟しておけって」

「なんでおれが巻き添えにならなくちゃいけないんだ」

おれはすっかりうろたえた。山虎はさすがにプロの悪党だ。脅迫のつぼを心得ている。こうなるとおれも説得に回らざるを得ない。

「組長の言うとおりだ。おまえも運命に逆らわずに幸せになれ」

「愛のない結婚がどうして幸せなのよ」

由子は恨めしそうな目を向ける。さっきの話と食い違う。おれも見解を翻す。

「愛なんてほっとけば便所の裏のキノコみたいにいくらでも生えてくるもんだ」

「ああ、もう！　みんなが私を利用しようとしているんだ！」

由子は机の上に泣き伏した。立場がすこぶるデリケートになってきた。由子の気持ちはよくわかる。おれ自身もこの縁談には胡散臭いものを感じている。しかし由子を説得しないとおれが殺される。由子ともどもといったところで、山虎は堅気の人間には手を出さない。狙いは半堅気のおれだとわかっている。

「なんとかしてよ、所長。私、なんだか怖いのよ」

由子は突っ伏したまま声を震わせる。腹を空かせたハイエナのように由子に群がる連中に、おれもしだいにむかついてきた。

「なあ由子。おまえだって命は惜しいだろう――」

由子は顔を上げて頷いた。先ほど憎まれ口を利いたときとは打って変わった真剣な表情がいじらしい。おれはその肩に手をおいた。

「だったらしばらく言うことを聞くふりをしろ。そのあいだにそいつの裏を探ってやる」

「なにか打つ手がありそうなの」

問われて思い浮かんだのは、能天気に揺れ動く喜多村向春和尚の一物だけだった。

「いまのところ、とくにないんだが――」

由子は力尽きたようにまた机に突っ伏した。

由子が家に帰りたくないと言うので、仕方がないからめったにいかない駅前の高級中華料理店へ連れ出した。

小籠包《しょうろんぽう》の美味い店で、由子は二人前を平らげて、さらに焼売《しゅうまい》やら青椒肉絲《チンジャオロースー》やらフカヒレスープやらと、思いつくままに皿を重ねる。ビールと紹興酒の飲みっぷりも申し分ない。

とりあえず元気が出るならやけ食いでもやけ飲みでもさせるしかない。その支払いも必要経費と解釈して、口止め料の百万円から流用させてもらうことにする。なにしろ今後の由子の出方しだいで、おれはヒラメの餌になりかねない。ヒラメは山虎の好物だから、次は山虎の酒の肴《さかな》になりかねない。最後に山虎の排泄物になって終わるのは真っ平だ。

和尚から聞いた家伝のお宝のことを由子に訊いてみた。

「いまの家に建て替える前は古いガラクタがいっぱいあったのよ。ぜんぶ物置に押し込んであったんだけど、父がそういうのに興味がなくて、邪魔だからって処分しちゃったの」

おれは慌てて問いかけた。

「思い出してみてくれ。そこにどんなものがあったのか。代々伝わっていた貴重な品物がなかったかどうか」

「でも私はほとんど物置には入ったことがなかったの。土蔵みたいなつくりで、古くて暗くて汚くて、なんだか薄気味悪かったから」

「そのガラクタはどう処分したんだ」

「ひょっとしたら値打ち物もあるかもしれないと言って、父が骨董品を扱う業者を呼んだのよ。軽トラック一台分はあったけど、鑑定してもらったら全部で五万円くらいにしかならなかったわ」

「正真正銘のガラクタだったわけだな」

「祖父が骨董品に凝っていたのよ。ほとんどがそのとき買わされた偽物だったみたい」

堀川家代々のお宝が軽トラック一台分で五万円のガラクタに紛れていたとはやはり思えない。由子がその血筋を引くお姫様だという話もだいぶ怪しくなってきた。

そのとき入り口から男が三人連れ立って入ってきた。全員が渋いダークスーツ姿だが、筋者特有の威圧感は漂ってはこない。そのなかの一人の顔におれの目は釘づけになった。岸川達也——。

三人はおれたちの隣のテーブルに着いた。岸川とおれは正面から向かい合い、由子は彼らに背を向けた位置関係だ。ナプキンにメモを書いて由子にそっと差し出した。

〈うしろを振り向くな。岸川がいる〉

由子の顔が強ばった。三人の姿を視野の片隅に捉えながら、素知らぬ顔で食事を続ける。由子はバッグから手鏡を取り出して、化粧直しを装って背後の様子を観察している。さすが探偵事務所の電話番。なかなか機転が利いている。

岸川たちは料理の注文を済ませると、顔を寄せ合っての鳩首《きゅうしゅ》会議だ。談笑する周囲の客の声に遮られ、話し声はここまでは聞こえない。だったらこちらの声も聞こえないと踏んで、普段の口調で由子に問いかける。

「あいつは、いつ電話を寄越した？」

「さっきも言ったでしょ。近眼さんが帰ってすぐだから、たしか午後二時くらいよ」

「向こうの市外局番は？」

「〇三だったわ。東京からよね」

「そのあとすぐに飛んできたわけだ。やけに動きがせっかちだな」

「あの二人、岸川さんの会社の重役よ。記者会見のときの写真を近眼さんが見せてくれたの。どっちも一緒に席に並んでいたわ」

「その電話では、きょうこっちに来るとは言ってなかったのか」

「聞いてないわ。近眼さんもそんなこと言わなかったから、たぶん知らなかったのよ。少なくともそのときは」

由子は近眼を信用している口振りだが、おれはそこまで人が好くはない。近眼に電話を入れて確認する手もあるが、もし向こうがしらばくれていたとしたら、そこにはなにか理由があるわけで、岸川の動きを知られたことを快く思うとは考えられない。探偵が生業《なりわい》のこのおれが、偶然見かけたといってもたぶん信用はしてくれない。勝手に鼻を利かせたと勘ぐられれば、ろくな目に遭わないのは目にみえている。

岸川たちは由子がいるのに気づきもせずに、三十分ほどで食事を終えて、そそくさと席を立っていく。おれは由子に現金を渡し、少し間を置いて店を出るように言い置いて、さっそく岸川たちのあとを追った。

店の前で男の一人がタクシーを停めた。それが走り去るのを待って後続するタクシーに滑り込み、前の車を追うように指示を出す。

向かった先は海沿いにある市内でいちばん値の張るリゾートホテル。岸川たちのタクシーがエントランスに向かうのを確認し、おれはホテル前の路上でタクシーを停めた。

車のなかで五分ほど待つと、五階の一角で並びの三部屋の明かりが次々点る。三人がここに投宿したのは確認できた。

時刻は午後九時を過ぎていた。きょうはこれ以上の動きはないと判断し、あすは早朝から張り込むことにして、そのままタクシーをUターンさせた。

翌日は朝七時に起きて、八時前にはホテルに着いた。自前のベンツは目立ちすぎるので、この日の移動用に昨夜レンタカーを借りておいた。

ロビーのサロンでコーヒーを頼み、新聞を読んでいると、岸川たちが降りてきた。昨夜とは打って変わって、全員スポーティなカジュアルファッションだ。ゴルフにでも出かけるのかと浮き足立つと、三人はロビーを隔てた向かいのレストランへ入っていった。こちらも慌て場所を移動する。

連休明けでホテルは閑散としていて、埋まっているのはせいぜい五卓ほどだ。岸川たちは窓際の大きなテーブルに陣取って、皿に山盛りにしたバイキング式の朝食をえらい勢いでぱくついている。ITベンチャーの猛者《もさ》たちは食い意地のほうも旺盛らしい。

おれも朝飯抜きだったので、これ幸いと美味そうな料理をてんこ盛りにして、素知らぬ素振りで隣の席に足を向ける。そのときよく知っている顔が三人、こちらへ歩いてくるのが見えた。

同じS市一帯にシマをもつ山藤組の商売敵——猪熊一家の組長の猪熊源一とその舎弟たち。こちらも全員スポーツウェアで、ゴルフでもやりに来たような雰囲気だ。子分の一人は小型のボストンバッグを提げている。奇遇というには出来すぎだ。そっぽを向いてやり過ごすと、案の定、向かった先は岸川たちのいるテーブルだった。

人目につきやすいこんな場所で、白昼堂々地元のやくざと懇親会を開くとは岸川もなかなか大胆だ。しかしよくよく考えれば納得がいく。市街地から遠いこのホテルの利用者はほとんどが他所《よそ》からきた観光客やゴルフ客で、地元の人間はまず宿泊しない。宴会で使うことはあっても、こんな朝早くからうろつくことはない。

しかし岸川が猪熊とも付き合いがあるとは意外だった。あの山虎が宿敵の猪熊と呉越同舟《ごえつどうしゅう》するとは思えない。岸川は二人を天秤にかけているのか、山虎も猪熊も互いに知らずに付き合わされているのか――。

　猪熊たちには顔を知られているから、隣の席で話を聞くわけにもいかない。やむなく数卓離れた観葉植物の陰のテーブルから岸川たちの動きを監視する。

　猪熊は岸川の向かいに腰を落ち着け、やけに愛想よく語りかけている。媚《こ》びてさえいる印象だ。岸川の態度も慇懃《いんぎん》とはいえ、主導権は自分にあるという余裕がありありだ。

　子分は提げてきたボストンバッグをテーブルの下に置き、岸川の連れの男のほうに足で押し出した。岸川への手土産のようだが、表立っては渡しにくいものらしい。猪熊たちは料理もとらずコーヒーも飲まず、十分ほどで談笑を終えると、岸川と懇ろに握手を交わして立ち去った。

　岸川の連れの一人が足元のボストンバッグを取り上げて席を立つ。岸川と残った男はテーブルを離れ、また別の料理を物色している。ビジネスの才覚と食欲のあいだにはなにか相関関係があるのかとさえ疑わせる。

　十分ほどしてさきほどの男が手ぶらで戻ってきた。ボストンバッグは部屋へ置いてきたらしい。岸川になにやら耳打ちすると、そそくさと追加の料理を取りに行く。おれも連中にあやかろうと料理を腹に詰め込みはじめたところへ、また印象的な顔が登場した。

　橋爪大吉――。猪熊一家は関西系、山藤組は関東系の指定広域暴力団に属するが、橋爪組は地場の独立系で、山藤と猪熊のつばぜり合いの狭間で手堅く存在感を示してきた。

こちらもやくざには似合わないカジュアルな装いで、猪熊と申し合わせたように子分を二人引き連れて、その一人はアルミのアタッシェケースをぶら下げている。

右頬の向こう傷が売り物の橋爪もきょうはセールスマンのように愛想がいい。やり口は猪熊と同じで、子分はアタッシェケースを足元に置き、岸川の連れの方向に押し出した。

猪熊への応対と同様に、岸川も品のいい笑みを浮かべて如才ない。談笑はやはり十分ほどで終わり、橋爪も岸川と握手を交わしてそそくさと立ち去った。たまたまホテルで出会った知人同士というようにも見える。ホテルの従業員もそのカジュアルな着こなしに目をくらまされ、正体に気づいたふうもない。

橋爪が立ち去っても岸川たちにテーブルを去る気配はない。悪い予感が沸き起こる。しかしまさか――。

岸川たちはまた席を立ち、今度はデザートのフルーツやアイスクリームを山盛りにして戻ってくる。こちらは胃が引き攣って食欲が失せたまま、固唾《かたず》を呑んで状況を見守った。想像した悪夢はやはりやってきた。

十五分ほどして現れたのは、どういうセンスの人間が選んだのか、スヌーピーの絵柄のトレーナーにピンクの綿ジャケットを羽織った山虎だった。飲んだジュースを噴きそうになって、慌ててナプキンで口を押さえた。

こちらも子分を二人従えて、一人は先客の荷物と似たような大きさの革の鞄を提げている。

中身もたぶん同じものだろう。

　子分は持参した鞄をテーブルの下に置き、猪熊たちと同じように岸川の連れのところへ足を使って押し出した。どいつもこいつも同じやり方をするところをみると、どうやら岸川と示し合わせた方法らしい。先客と同様に岸川は如才なく山虎をあしらうが、山虎は普段の強《こわ》面《もて》ぶりはどこへやら、胸が悪くなるようなえびす顔だ。

　たかが三十すぎの若造に手玉にとられ、S市を仕切る親分衆が米つきバッタのようにへつらう姿がひたすら虚しい。手土産の中身は想像できる。岸川の背後に控えるギャンブル好きの与党幹事長、石塚幹夫《みきお》への心づけだろう。

　山虎も十分ほどの談笑のあと、押し戴くように岸川と握手を交わし、融けたアイスクリームのように相好を崩して、雲を踏むような足どりで立ち去った。

　わずか一時間ほどで岸川が巻き上げた金は容れ物のサイズからしておそらく一億円は下らない。それぞれがライバルを出し抜こうと気張って工面した虎の子のはずだった。

　三役揃い踏みが終わったところで、岸川たちも席を立った。連れの一人が山虎の手土産を肩に提げ、三人は上機嫌でレストランを出て行った。こちらも慌てて席を立ち、レジで精算しながら外を眺める。三人はエレベーターに乗るところで、いったん部屋に戻る様子だ。おれはそのままホテルを出て、駐車場に停めておいたレンタカーのカムリのなかで待機した。岸川の用事は済んだはずで、これ以上ホテルにいる必要はないと思われた。

その判断は当たったようで、まもなく連れの二人がエントランスに現れた。今度はきっちりスーツに着替え、それぞれ小型のスーツケースを転がしている。ポーターには任せたくない代物らしい。親分衆が持ち込んだものが詰まっているのは間違いない。

続いて岸川が姿を現した。こちらもびしりとスーツを決めている。その傍らに馬鹿に目を引く女が寄り添っている。一見ビジネスウーマン風のシックなスーツ姿だが、襟元にあしらった紫のスカーフ、栗色に染めたゴージャスな髪型、両耳から下がった大ぶりなイヤリングが並みの人種とは異なることを匂わせる。思わずため息を吐くほどの絶妙のプロポーション。顔立ちは女優やモデルだと言っても十分通るだろう。

タクシーを呼ぶのかと思ったら、四人は駐車場に向かって歩き出す。向かったのは一〇メートルほど離れたところにあるBMWで、男二人がスーツケースをトランクに詰め込んで、運転はそのうちの一人が担当し、もう一人は助手席に、岸川と女は後部座席に乗り込んだ。シートはだだっ広いのに、岸川と女はぴたりと肩を寄せ合って、なにやらただならぬ関係を匂わせる。大型のBMWは間をおかず発進し、悠然と駐車場を出て行った。

五つ数えておれも車を発進させた。ホテル前の国道に出ると、市街とは逆方向に走り去るBMWのうしろ姿が見えた。このまま東京へ帰るらしい。それなら追っても意味がない。

おれは市街に向かって車を走らせた。見てはならないものを見てしまったような気がした。岸川はやはりペテン師だ。三人の親分衆がそれぞれ見事に手玉に取られている。カジノの話は疑似餌だろう。由子との縁談話にしても、あの女との親密さをみればかたちばかりのものだとよくわかる。選挙対策に都合よく利用され、用が済めば捨てられるのがたぶん由子の運命だ。

親分衆が渡した金は税務署には把握されない裏金で、政治資金規正法の盲点を突いて闇献金として与党幹事長の手に渡り、与党内での岸川の覚えはますますめでたくなる――。そんな絵解きが頭に浮かぶ。

親分衆が騙されたと気づいたときはもう手遅れだ。闇から闇へ渡った金には証文もなく、返せと言ってもらちはあかない。裁判に訴えれば金の出所を突つかれて、本業の悪事が表沙汰になるだけだ。

報復するといったところで、極道にできるのは石塚や岸川の自宅に鉛弾をぶち込むくらいがせいぜいだ。本気で怒らせれば石塚は関与した組を潰しにかかる。石塚の意向を受けた警察が暴対法を厳密に適用すれば、指定暴力団の一つや二つ壊滅させるのはわけもない。

このまま見て見ぬふりをするか、親分衆それぞれにご注進に及ぶか――。直感に従うなら、それは悩むまでもないことだ。三人揃って岸川にぞっこんとなると、連中がまず信じるのは向こうのほうで、逆におれの動きには疑心を抱く。我が身にとって安全なのは、やはりしらばくれておくことだろう。

次善の策として近眼に耳打ちしておくという手もあった。実態は怪しい限りでも、とりあえずは親友同士と自他ともに認める仲なのだ。貸す耳もいくらかはあるはずだし、おれの行動を即刻親分に報告するほど冷酷な男ではないはずだ。

近眼がおれの話を信じてくれれば、山虎だって無視はできない。そうなればおれは堂々と岸川の裏が探れるだろう。それで新たな被害が防げれば、探偵、よくやったと山虎は喜んで、たんまり祝儀を弾んでくれる。ここ一カ月の営業面の落ち込みが、それでなんとか埋められる。

一縷《いちる》の望みを託して近眼の事務所に車を走らせた。近眼は社長室の革張りのデスクチェアでのんびり鼻毛を抜いていた。

「どうしたんだよ、こんなに朝早く？」

朝早くといってももう十時すぎだが、おれがこの時間に仕事をしているのがよほど珍しいらしい。

「きのうの岸川の話が気になってね」

さりげない角度から切り出した。近眼はレンズの奥の目だけをこちらに向けた。

「おれたちのやることに難癖をつけたい事情でもあるのか」

「まあ、そう尖るなよ。しかしこれから先生の選挙に肩入れするとなると、山虎さんだって半端な物入りじゃないだろう」

「組長は必要な金は惜しまない。上手くいったら見返りはでかい。ここで躊躇《ちゅうちょ》したら末代まで臆病者だと笑われる」

「例の選挙の話、裏はきちんととったのか」

「そこはこっちも抜け目はない。組長と昵懇《じっこん》の県連の幹事長の仲介で石塚幹夫に打診した。次期総選挙で岸川がこの選挙区の公認候補になるのは間違いない。いまは野党が議席を押さえているが、それを奪回する切り札として大いに力を入れるそうだ」

「カジノの話は本当なのか」

「そこは阿吽《あうん》の呼吸だよ。いまそんなことを大っぴらにしたら野党陣営が騒ぎ立てる。それが逆風になれば選挙にも影響が出る。しかし議席をとってしまえばこっちのもんだ。勝てば官軍で、世論の風向きは一晩で変わる」

近眼はのんびりしたものだ。おれは慎重に鎌をかけた。

「猪熊や橋爪に感づかれる心配はないのか」

近眼はにやりと笑って首を振る。

「心配はねえよ。もう話はついてるんだ。うちの組長が音頭をとって、猪熊とも橋爪とも手を携えて岸川に肩入れすることになっている。もっともおれたちは大っぴらには選挙運動ができないから、あくまで金銭面での支援ということになる」

おれは二の句が継げなかった。角突き合っていたはずの暴力団同士の合従連衡《がっしょうれんこう》——。やくざ稼業の新たなビジネスモデルか。時代はついにそこまで進んだか。

「暴対法の施行以来、おれたちのような真面目な極道も世間から除《の》け者にされるようになり、食いっぱぐれて悪事に走るやつも出てきている。いまや新しい思考が求められているんだ。博徒の根本精神に立ち返りつつ、経済社会の王道を堂々と闊歩《かっぽ》する。堅気の衆に迷惑をかけず、地域社会の発展にも貢献できる。これはおれたちにとっちゃ乾坤一擲《けんこんいってき》のビジネスチャンスなんだ」

近眼はいっぱしのビジネスエリートのような顔つきで演説する。もしそのとおりにことが運ぶなら、世の中なにか間違っている。真面目な極道が聞いて呆れる。おれに言わせれば社会のダニだ。そのダニのおこぼれに与って飯を食うおれに偉そうなことはいえないが、悪事で稼いだ金を元手に堅気の実業家に成り上がっていいのなら、真面目に働く日本人全員が馬鹿だということになる。

消化の悪い話ばかりたらふく溜め込んで、おれの爛《ただ》れた胃袋はいまや崩壊寸前だった。

駅前のレンタカー会社に車を返し、徒歩で事務所に戻ってくると、由子と喜多村向春和尚が茶飲み話の最中だった。和尚の顔の色艶はすこぶるいい。きょうも朝からサウナとビールでお清めを済ませてきたとみえる。

「どうした、探偵。死相が出とるぞ。あんた、たしか独り身だったな。だったら永代供養の申し込みは早めにしといたほうがいいぞ」

　きょうも和尚は商売熱心だ。いまはそのハイテンションに付き合う自信がないが、きのう頼んだ一件があるので、はいさようならというわけにもいかない。

「生まれたときからそう言われてます。逆子だったもんで。なんの話をしてたんです」

「このお嬢さんから、岸川という男のことで相談を受けてたところだ」

　和尚の鼻の下が伸びている。またしてもミスをしでかしたようだ。真っ先に塞ぐべきは由子の口だった。それが和尚の耳に伝わったとなれば、貯水池に病原菌を撒いたのと似たようなものだ。

「和尚。そのことはくれぐれも内密に。下手に喋ると山虎さんが黙っちゃいませんよ。別の坊さんに葬式を頼むことになりかねない」

「そんな心配はせんでいい。それより山虎に忠告してやらんとな」

「わざわざ虎の髭を毟《むし》りにいくとは物好きな」

「知らんのか。あいつはわしの小学校の後輩でな。昔は小便たれの泣き虫小僧で、苛められているのをよく助けてやったもんだ」

「そのころといまじゃ人柄が違うでしょう」

「三つ子の魂百までというだろう。素顔は気が小さくて心根の優しいやつなんだ」

　山虎の逆鱗《げきりん》に触れていまもS港沖の海底に沈んでいると噂される十指に余る死体のことは

どうなのだと訊きたいところだが、和尚の口から山虎にそれが伝わるのが怖かった。

「で、山虎さんに忠告したいこととは？」

「岸川の会社のことだ」

「それがどうかしましたか」

「危ないんだよ」

「危ない？　飛ぶ鳥を落とす勢いだと聞いてますがね」

「それは見かけだけだ。経営の実態は想像以上に悪い」

「しかし、どうして和尚がそんなことを」

「坊主が株をやっちゃまずいのか」

「株――」

思わず和尚の顔を覗き込む。

「最近はインターネットで株の売り買いができるようになってな。僧侶のように多忙な職業の人間でも投資の妙味を味わえる」

和尚の日常のどこが多忙なのかわからないが、ここは不問に付して問いかける。

「でも岸川の会社は株価も高いんでしょう」

「ところがどっこい、内情は火の車らしい」

「どういうことなんです？」

「強力なライバル会社の出現でシェアは下がる一方だ。社内に内紛や不祥事も抱えているらしい」

「どうしてそんなに詳しいんで？」

「投資しとるからな。二千株。時価で三千万円は下らない。いま売りのタイミングを見計らってるところだ。それであの会社に関する情報は入念にチェックしている——」

最近はネット上で株関係のブログが増え、そこからインサイダー情報に近いネタもいろいろ入るのだという。ネットでの株取引で億万長者になった素人投資家の話がよくニュースになるが、生臭坊主の向春和尚もそれにあやかろうと、暇に飽かしてネット空間を渉猟しているらしい。

「そいつはたしかな情報なんですね？」

「情報の出どころは複数だ。信憑性《しんぴょうせい》は高いと思うがな」

「で、きのうお願いした件については？」

「ああ、寄らせてもらった用事はそれなんだよ。それでこのお嬢さんと無駄話をしとるうちに、苗字が堀川だったと思い出してな。訊いてみたらなんとまあ」

「家柄の話、喋っちまったのか？」

おれは由子を振り向いた。由子は困惑顔で弁明する。

「だって所長はなにもしてくれてないみたいだし、家に帰れば早く態度を決めろと両親に責め立てられるし、近眼さんも朝からしつこく電話を寄越すし――」

「探偵。その岸川という男、どうも臭いぞ」

「どういうことで？」

「堀川家代々のお宝ってなんだと思う？」

「それがわからないから大枚五万円払って調べてもらうことにしたわけで」

「幸阿弥《こうあみ》道長《みちなが》作の波紋様《はもんよう》蒔絵《まきえ》螺鈿《らでん》手箱《てばこ》という由緒ある工芸品らしい」

「で、そんなものが由子の家に？」

「聞いたこともないそうだよ。そもそも物置にあった古い品物は古美術商に売り払ったわけだろう。全部で五万円。そのなかに紛れ込んでいたとは思えんな。幸阿弥道長というのは幸阿弥派の開祖といわれる室町時代の高名な蒔絵師だ。いま残っていれば重要文化財級の品物だからな」

「骨董品屋が騙して安値をつけたんじゃ？」

「そうだとしたらもうどこかへ高値で転売しているはずだ。個人の蒐集家の手に負えるもんじゃないから、売り先はおそらく美術館あたりだろう」

「調べはつきませんか」

「そう言われるだろうと思って、さっき知り合いの古美術鑑定家に電話で聞いてみた」

「で、どうだったんです？」

「ここ十何年、幸阿弥道長の作品が市場に出回ったことはないそうだ。もしあれば少なく見積もっても二千万円の値がつくそうだよ」

「つまり私の家は堀川家の直系じゃなかったわけね」

由子は嬉しいような寂しいような表情だ。

「どうも、そう考えたほうがよさそうだな。そもそも胡散臭いのがこの代物だ」

和尚は手元にあった例の堀川家の家系図を指で突ついた。由子がコピーを取っておいたものらしい。

「偽物なんですか？」

「ああ、根っこのところで違っとる。堀川氏は同じ源氏でも清和源氏じゃなく村上《むらかみ》源氏だ。つまり第五十六代の清和天皇ではなく、第六十二代の村上天皇の血筋だ。それはうちの寺の古文書にちゃんと書いてある」

「だとすると岸川家の家系も臭いとはいえませんか」

「山虎はそっちのも確認しとらんのか？」

「そのようで」

「邪魔したな、探偵」

和尚は慌てて立ち上がる。

「約束の五万円は？」

「あとでいい。いまはそれどころじゃない。岸川がそんな詐欺まがいの話に手を染めているとなると、経営悪化の話は嘘じゃない。急いで帰って手持ちの株を売り飛ばさんとえらいことになる」

「山虎さんに忠告してくれるんじゃ？」

「おまえに任す」

和尚は衣を翻して事務所を飛び出した。

「どうするの、所長？」

由子が不安げに聞いてくる。おれはけさホテルで目撃した一部始終を話してやった。最後にあの女の話をしてやると、由子は怒りを露わにした。

「なによ、その岸川っていうフニャチン野郎。そんな女がいるくせに、私を弄《もてあそ》んで捨てようとしたわけね。山虎も猪熊も橋爪も、都合よく私を利用しようとしたわけね」

「おまえをお姫様に仕立て上げたのも、最初からやつらと話がついていた可能性がある」

「だったら私はどうすればいいの？　利用されるだけだとわかってて、その屁たれ野郎と結婚しなきゃいけないの？　それとも拒否して山虎に殺されなくちゃいけないの」

由子は未来の首相夫人には似つかわしくない言葉を連発するが、それもいまなら耳に心地よい。

翌日、久しぶりに東京へ出た。

真っ先に目指したのは江東区清澄《きよすみ》にある一軒の豆腐屋だった。

岸川豆腐店の看板を掲げたモルタル二階建ての店舗兼住宅は、外装のあちこちに補修の跡がある築後二、三十年ほどの建物で、この土地に移り住んで以来の倹《つま》しい暮らし向きが想像できた。外から店内を覗くと、仕事着を着て立ち話をする岸川の両親らしい男女の姿が見えた。

その顔立ちをしっかりと記憶に刻んで、由子から預かった岸川の写真を手にし、おれは近所を一回りした。こういう人物に心当たりはないかと写真を見せる。近隣の人々は一様に首を傾げて知らないと答えた。

最後に岸川豆腐店を訪れた。実直を絵に描いたような両親にとって、おれの訪問は青天の霹靂《へきれき》のようだった。両親から事情を聞いておれはようやく得心した。両親の話もおれの脳味噌に衝撃を与えた。岸川の不憫な身の上に心を打たれた。岸川への両親の深い愛情と、逆境を乗り越えた岸川の努力に敬意を覚えた。

途中上野に立ち寄って、アメ横でちょっとした買い物と食事をし、次に向かったのは茅場《かやば》町《ちょう》にあるパイプラインの本社だった。いまどきのＩＴバブル長者といえば六本木あたりの超高層インテリジェントビルにオフィスを構えるのが流行《はや》りだが、岸川にはそういう派手好みなところはないらしく、本社ビルは狭い敷地に建てられた実質重視のコンクリート打ち放し五階建て。そのあたりに両親の薫陶が窺える。

玄関の脇が車五台ほどのスペースの駐車場になっていて、いまは三台停まっており、そのうちの一台が昨日見かけたBMWだった。おれはビルの向かいのセルフサービスのコーヒーショップに陣どって、出入り口付近の席から駐車場の様子を監視した。

午後六時を過ぎたころ、つい先日、間近にご尊顔を拝したあの岸川が玄関から現れて、BMWに歩み寄る。おれはコーヒーショップを飛び出して、その背後から呼びかけた。

「阿久津《あくつ》さん」

岸川ならぬ阿久津俊彦は振り向いた。おれはコートのポケットからシグザウエルP226を引き抜いた。メーカーは東京マルイだが、宵闇が味方してくれて阿久津はそれには気づかない。大袈裟な動作でスライドを引いてみせ、おれは馬鹿丁寧な口調で言った。

「一緒にドライブしませんか、阿久津さん。積もる話がおありでしょう」

阿久津とおれは最高車格のBMWで首都高を優雅にクルージングした。東京マルイ製シグザウエルP226の威圧に屈して、阿久津は洗いざらい白状した。

阿久津はパイプラインの専務であると同時に、社長の岸川の替玉だった。

岸川は、幼児期に父の仕事場で遊んでいて熱い豆乳を頭から被り、重度の火傷《やけど》を負ったという。両親は乏しい家計をやりくりして皮膚移植手術を何度も受けさせたが、火傷の範囲があまりに広く、育ち盛りだったこともあって、ついに傷痕を消すことはできなかった。

そんなハンディにもめげず岸川は学業に励み、努力を重ねて現在の地位にまで這い上がった。しかし彼に対面する誰もがその顔から目を逸らす。そんな経験を重ねるうちに、次第に人前に顔をさらすことに恐怖を覚えるようになった。

岸川がネットビジネスの分野を選んだのも、表に顔を出さずに済む仕事と考えてのことだった。しかし会社は予測を超えて急成長し、やがてマスコミの注目を集めるようになり、会社の顔である社長がいつまでも隠れているわけにはいかなくなった。

ある日、よんどころない事情で記者会見を開かざるを得なくなり、つい出来心で岸川は専務の阿久津に身代わりを依頼した。新事業への進出を発表したその記者会見は大反響を呼び、以後マスコミからのインタビューの要請が引きもきらなくなった。

後悔したときはすでに遅かった。一度ついた嘘はつき続けるしかない。ルックスがよく話し上手の阿久津はマスコミに受けがよく、テレビや雑誌に頻繁に登場するようになる。会社の知名度は上がっていった。それに比例して株価も上昇した。社員はもとより真相を知る取引先や金融機関もそれについては口をつぐんだ。パイプラインが急成長することで彼らも損はしないからだった。

岸川の出身大学のK大のパーティーにも阿久津はしらばくれて出席するようになった。在学中、目深に被った大きなキャップとサングラスで顔を隠し、卒業アルバムにも写真を載せなかった岸川の顔を知る参加者はほとんどいなかった。

最初は恐る恐るだったが、阿久津は次第に大胆に行動するようになった。口八丁手八丁の阿久津は校友会を舞台に多才な人脈をつくり上げた。K大OBの与党幹事長、石塚幹夫とのパイプをつくったのも阿久津だった。近眼もそうしたカモの一人というわけだった。

阿久津はやがてパイプラインの真のリーダーが自分であるかのように錯覚し出した。社交性では天才肌だが、経営感覚はどうやらお粗末だったらしい。女遊びにギャンブルにと会社の金を私的に流用し、数億円の穴を開けた。やがて社長の岸川にそれが発覚し、強硬に返済を迫られた。岸川との付き合いもこのへんが潮時と考えた阿久津が思いついたのが今回の選挙話だった。

岸川がS市きっての名家の血筋を引いているという話は聞いていた。祖父の代に東京へ出て以来、岸川の一家は郷里に帰ったことはなく、東京生まれの岸川と面識のある人間は地元には一人もいないとも聞いていた。岸川だと名乗って乗り込んでも気づかれる心配はないはずだった。

次期総裁選のための資金集めに汲々としていた石塚幹夫も巻き込んだ。ゆくゆくは総理を目指すうんぬんの話は阿久津の創作で、岸川本人には政治的野心などかけらもなかった。さらに立候補話に箔をつけるためのシナリオが、由子をだしに使ったシンデレラストーリーだった。

カジノうんぬんの話も地元やくざの関心を引くためのでっち上げで、石塚はもともとそんなことには関心がない。地元のやくざから吸い上げた金を闇献金として潤沢に回すという話に乗せられて、次期総選挙での公認を約束しただけだった。

阿久津ははなから選挙に出る気すらなかった。そもそも替玉の阿久津が岸川の名義で立候補の手続きができるはずがない。公示直前まで地元のやくざをおだて上げ、選挙資金の名目で巻き上げるだけの金を巻き上げて、直前に適当な言い訳を見つけて立候補を取りやめて、吸い上げた金を抱えて海外へとんずらする算段だった。

稼ぎの目標は数十億円で、どうせ表沙汰にはできないやくざの資金なら、詐欺罪で告訴される心配もないと踏んでいた。昨日ホテルで受け取ったバッグの中身はまだほんの挨拶にすぎないものらしい。

阿久津はおれに命乞いをした。このまま山虎に身柄を引き渡せば、どういう目に遭うかは想像に難くない。

命さえ助けてくれれば受けとったものはそっくり返すという。おれにしてみれば阿久津も山虎も悪党で、どちらかに肩入れしようという気はさらさらない。友達になりたいのはあのスーツケースのなかでひしめく福沢諭吉だ。

「相手はやくざだ。返したところで許しちゃくれない。それよりおれと折半でどうだ。海外に飛ぶのを見逃してやる」

全額巻き上げることもできそうな雲行きだったが、阿久津には完璧に逃げおおせてもらわなければおれが困る。山虎たちに捕まって洗いざらい白状されたら、おれの命が危うくなる。逃亡生活には資金が必要だ。そう考えた末の条件が折半だった。

交渉は成立した。阿久津は木場の近くのトランクルームにおれを案内した。なかにあったのはきのう見た二つのスーツケース。阿久津は開錠して中身を確認させた。帯封つきの札束は全部で一億五千万円。おれの取り分は七千五百万円。濡れ手に粟の大商いにあやうく小便をちびるところだった。


思いがけない大金を抱えてその晩のうちにS市に戻り、翌日、素知らぬ顔で事務所に出向くと、青ざめた顔の近眼が待っていた。

「これを見てくれ、探偵」

手渡されたのはその日発売されたばかりの週刊誌。「独占手記」と銘打って、パイプライン社長、岸川達也本人の告白記事が載っていた。自分の顔の秘密に言及し、替玉として専務の阿久津を使っていた事実を明かしていた。結果として世を欺《あざむ》いてきたことを謝罪するその手記は、彼の不幸な生い立ちと相俟《あいま》って鋭く胸を打つものがあった。

近眼は青ざめていた。誘いをかけた山虎に、猪熊と橋爪がどう落とし前をつけると難癖をつけてきたらしい。阿久津に引っ掛けられた張本人の近眼は、指一本詰めるくらいでは済みそうにない気配だった。

地元のやくざのあいだでは、その日のうちにドンパチが始まった。猪熊一家の鉄砲玉が山藤組の三下の頭を打ち抜いた。その報復に猪熊の事務所に機関銃が乱射され、若頭を含む数名が重軽傷を負った。橋爪組は我関せずだった。山藤と猪熊が消耗戦を続けてくれれば、自分の組の勢力が伸びると計算してのことだろう。

とばっちりを避けておれはファーストクラスのチケットを買い、優雅にラスベガスへ遊びに出かけた。けっきょく悪銭身につかずで、阿久津からパクった七千五百万円を一週間ですべて失い、意気消沈して帰国したころには抗争は終わっていた。山藤、猪熊双方からひとりずつ追加の死者が出て、双方面子が保たれた格好だった。おれの人生も馬鹿そのものだが、やくざはその上を行っている。

岸川の手記はパイプラインにとってマイナスの影響必至とアナリストは見ていたが、世間はむしろその態度を好感し、一時下落した株価は反騰した。喜多村向春和尚は一足早く売り抜いたお陰で、逆に手痛い損失を蒙《こうむ》ったらしい。

岸川の手記には本人の写真も掲載されていた。おれが見る限り皮膚移植手術は上手くいった部類だろう。確かに目立つ傷はあるが、おそらく本人の意識過剰だ。それが世間に出せない顔だというのなら、それよりはるかに悪相の山虎や猪熊には死んでもらうしかないことになる。

「この人にプロポーズされたら、私、いますぐにでも受けちゃうけど」

由子は手元にその週刊誌を広げ、弁当をぱくつきながら未練がましくため息を吐く。

ふとその弁当箱に目が行って、おれは不審な思いにとらわれた。黒い漆のような地に貝を象嵌《ぞうがん》したような無数の波紋が浮き出している。由子の持ち物とは思えない、品格を感じさせる器だった。

「おい、その弁当箱、ずっとおまえの家にあったのか」

「ああ、これ？　お祖母ちゃんの形見なの。どこかの観光地で買ったお土産物だと思うんだけど、いつも命日にはお母さんがこれでお弁当をつくってくれるのよ。お祖母ちゃんは私を可愛がってくれたから」

閃くものがあって、向春和尚に電話を入れた。話を聞くうちに和尚も興味を持ち出して、慌てて事務所へやってきた。弁当箱の裏側をひっくり返し、和尚はひと声呻いた。

「このミミズののたくったような文字、道長と読めるな」

「というと――」

「例の堀川家代々のお宝がこれかもしれん」

和尚はすぐさま東京にいる知り合いの古美術鑑定家に電話を入れた。鑑定家はその日のうちに飛んできて、見るなり太鼓判を押した。

「幸阿弥道長作の波紋様蒔絵螺鈿手箱です。間違いない。これは世紀の発見ですよ」

由子はやはり天皇家の血筋を引くお姫様――。当惑する由子に、今度は本当に後光が射してみえた。ろくでもないことしかなかった一連の出来事のなかで、ようやく素直に喜べそうな話が飛び出した。

恋する組長

S署刑事課のゴリラこと門倉権蔵に突然飲まないかと誘われた。

なんだか深刻そうだったので、無下《むげ》にも断れず、駅前の居酒屋で軽く一杯やることにした。注文の品が並んだところでゴリラはさっそく切り出した。

「探偵。じつはおれ、今度入院することになったんだ」

「どこの動物病院だ？」

「人間の病院に決まってるだろう。S市立病院だ」

「頭と顔以外でどこが具合が悪いんだ？」

「胃の壁に茸《きのこ》みたいな腫れ物ができてるというんだよ。成人病検診で見つかった。クリープとかいうそうだ」

おれの厭味な突っ込みにも、その晩のゴリラは殊勝に受け答えした。急に人間ができたようで、なんとなく薄気味悪かった。

「そりゃポリープだろう」

「そうだったっけな。それでこないだ病院で精密検査を受けたんだ。命に関わるようなもんじゃねえが、早めに切っとくにこしたことはねえって医者が言うんだよ。しかしあいつらの話は信用できねえ」

ゴリラは小鉢の煮込みを三口で平らげ、汁まで残さず飲み干した。

「その食いっぷりから察するに、おれも医者と同意見だがな」

励ますように言ってやると、ゴリラは依怙地になった子供のように首を左右に振った。

「いや、おれはわかってるんだよ。本当は胃がんで、それも末期のはずなんだ」

「どうしてそんなふうに考える？」

「病院で精密検査を受けて家へ帰ると、愛ちゃんが馬鹿に元気がねえんだよ」

「人間、三百六十五日元気でいられるもんじゃない。おれだって、たまにわけもなく気が滅入ることがある」

「それがなんだか悲しそうでね」

「あんたが外で悪さして、その噂でも耳にしたんじゃないのか」

「愛ちゃんを裏切るようなこと、おれがするわけないだろう」

ゴリラはテーブルをドンと叩いた。焼き鳥と馬刺しとホッケの焼き物とさつま揚げと漬物の器がいっせいに五ミリほど飛び上がった。

「あんたはもてるという噂だから、その気がなくても誤解を招くことはあると思ってさ」

慌てて取り繕うと、ゴリラは否定するでもなく先を続けた。

「たぶん医者の野郎が、おれには知らせずに愛ちゃんに電話を入れたんだよ。おれが見るからに繊細なもんだから、じかに言ったんじゃショックが大きすぎると考えたんだわな」

繊細という言葉の意味を勘違いしていないかと訊こうとしたが、妙に深刻なゴリラの眼差しに、そのまま言葉を呑み込んだ。

「しかし、とくに体調が悪そうには見えないが。血色もいいし、痩せてもいないし」

「そこが素人の浅はかさでね。そういうのは見かけにゃなかなか出ねえものなんだ。しかしおれにはわかるんだよ。悪質ながん細胞が体のあちこちに転移して、おれの命を貪りつくそうとしてるんだ」

悲しげに言いながら、おれが狙っていた馬刺しの残り四切れをゴリラはいっぺんに口に放り込む。暇人の気の病には付き合いきれず、おれは冷ややかに突き放した。

「人生なにごとも勉強だから、いっぺん死んでみるのもいい経験になるかもしれないな」

「つれないことを言うなよ、探偵。問題はおれのことじゃねえんだよ」

ゴリラは哀願するように身を乗り出した。瞳に宿った悲しげな光がおれの心を不思議に捉えた。その先を促すように、黙って焼酎のお湯割を口に運んだ。

「心配なのは愛ちゃんを残していくことなんだ。知ってのとおり愛ちゃんはフィリピン妻だ。おれが楯になって守ってやらなきゃ、この世知辛い日本でまっとうに生きていくのは大変だ。また悪いやつに騙されて、ろくでもねえところで操を売るような羽目になったら、おれは死んでも死にきれねえ」

おれは明るく笑って首を振った。

「冗談だよ。その医者はたぶん嘘は言ってない。キングコングに踏み潰されでもしない限り、あんたが死ぬとは思えない」

「他人の命のことは、みんな気楽に考える。死んでいく人間の気持ちなんて、けっきょくどうでもいいことなんだ」

ゴリラは悲哀のこもった視線を向けてくる。

「あんたの切ない気持ちはわからなくはない。心残りなことでもあれば言ってくれ。及ばずながら力を貸すよ」

つい情にほだされてそう言った。それが間違いのもとだった。ゴリラは待っていたとばかりに切り出した。

「だったら最後の頼みを聞いてくれ。おれが死んだら、愛ちゃんをおまえの嫁にしてくれねえか」

口に入れていたさつま揚げが喉につかえて、慌てて焼酎のお湯割で飲み下した。

「もう一度言ってくれないか」

「愛ちゃんをおまえの嫁にしてやってくれ。幸いおまえは独身で、周りに気の利いた女もいない。おれと違ってもてないから、このままじゃ一生独身で終わりかねない」

「大きなお世話だ。愛ちゃんの意思だってあるだろう」

「大丈夫。信じがたいことだが、愛ちゃんはおまえを気に入ってる。博愛精神というやつだろう。捨て犬や捨て猫を見かけると放っておけなくなるたちで、いまじゃ広い我が家も犬と猫で足の踏み場がない」

「おれは捨て犬や捨て猫の類なのか」

「そういう意味で言ったんじゃない」

「そういう意味にしかとれないじゃないか」

「かく言うおれも、おまえを気に入ってるんだ。このS市でまともな神経を持ってる人間はおまえとおれだけだ」

無神経の芸術ともいうべきゴリラにそう言われても、おれは少しも嬉しくない。

「あんたにゃ何度も殺人犯にされかけたがな」

「人間誰しも間違いはある。死刑にならなかっただけ運がいいと思え」

「そういう問題じゃないだろう」

「探偵。死んでいく人間の頼みを無下に断るほど、おまえは冷たい人間じゃないはずだ」

ゴリラの目にはうっすら涙さえ滲んでいる。たしかに愛ちゃんは男なら誰でも心が揺れそうな美人の上に、気立てもよくて、ゴリラの女房じゃなかったら、こちらから口説きに走っていたかもしれない。

目の前の肴の皿を一人であらかた片付けてしまったゴリラがそう簡単に死ぬとは思えない

し、ここで断ればのちのち人でなしと恨まれそうだ。まかり間違って死んだときには化けて出そうな気もしてきた。

「わかったよ。愛ちゃんが納得してくれさえすれば、あんたの望むとおりにしよう」

「恩に着るよ、探偵。ただしおれが生きているあいだは、愛ちゃんには指一本触れちゃいけないぞ」

ゴリラは未練たらたらで念を押す。

「わかったよ。命に代えても約束は守るから、あんたは心置きなく死んでくれ」

おれはだだっ子をあやすように請け合った。

ゴリラはその三日後に入院した。

暇だったので見舞いに行ってやると、ゴリラはすでに病人モードで、顔色は悪く、動作はのろく、声は弱々しく、当人による末期がん説もあながち間違いではなさそうに見えてきた。入院初日は胃カメラを飲んだり、CTスキャンを受けたりと、保険点数稼ぎの検査を山ほどこなして、手術は翌日になるという。

愛ちゃんはけなげにゴリラに付き添っていた。S市立病院はゴリラの自宅から歩いて十分もかからず、その点は便利なようだった。ゴリラがなにかの検査に行っているときに、おれは愛ちゃんに訊いてみた。

「ご主人、本当のところはどうなの。本人は自分が末期がんじゃないかと疑って落ち込んでるようだけど」

「そんなことないよ。さっきも先生からお話伺ったけど、本当にただのポリープ。でも全然信じてくれないの」

愛ちゃんは癖の残る日本語でそう言った。嘘をついているようには見えないが、ゴリラが言うように、たしかにどこか元気がない。

「おれも心配ないと思うけど、困ったことがあったら遠慮なく電話してよ。なんでも相談に乗るからさ」

「あの、本当に？　なんでも？」

つい軽い気持ちで言った言葉に愛ちゃんは馬鹿に真剣に飛びついた。そう言われてもあまり拡大解釈されるのも困る。本業に関わる話なら規定の料金を請求したいが、弱みに付け込んで商売したと、あとでゴリラに逆恨みされるのも不本意だ。しかし言ってしまった以上、引っ込みがつかない。

「まあ、こういうときはお互いさまだから、大概のことはね。なにか心配ごとでも？」

「あ、あの、いいのよ。なんでもないの。気にしないで」

慌てて取り繕うようにそう言って、愛ちゃんは自宅に残してきた犬と猫に餌をやってくると、そそくさと病室を出て行った。こちらは見舞いの目的は果たしたし、仕事がないわけでもなかったので、そのまま事務所へ帰ることにした。ゴリラ亡きあとの人生を意識したわけではないのだが、愛ちゃんが口にしかけた話がなんだか気になった。

病室を出ると、突然賑やかな着信メロディーが耳に飛び込んだ。廊下の奥で若い医師が携帯を耳に当てている。院内では使用禁止のはずなのに、医者は例外ということか。そういう杜撰《ずさん》な勤務態度を見せつけられて、ゴリラの手術のことまで心配になってきた。

その日の午後は橋爪組の事務所へ出向いて、若頭の蓑田《みのだ》からけちな仕事を頼まれた。博打の借金を踏み倒して雲隠れした市役所職員の行方調査で、大金を握っているなら高飛びされる可能性があるが、素寒貧《すかんぴん》の債務者の逃走なら親類縁者か女の家と相場は決まっている。ちょろい稼ぎだとほくほくしながら玄関口へ向かったところを、組長の橋爪大吉に呼び止められた。

「探偵。相談があるんだが、時間はあるか」

組長からじきじきの相談となれば、けちな話ではないはずだ。二つ返事でおれは応じた。

「はいはい、寄付したいくらいありますよ。いったいどんな用件で？」

橋爪は広い玄関口でごろ巻いている三下たちに聞こえないように、おれの耳元で囁いた。

「立ち話じゃ具合が悪い。ちょっと付き合ってくれねえか」

どこかもじもじした橋爪の物腰が気味悪い。トレードマークの頬の向こう傷が心なしか紅潮してみえる。杖を突いて片足を引きずっているのが目にとまる。怪我でもしたらしいが、最近、橋爪組が絡んだ出入りの話は聞いていない。橋爪は組長室におれを招き入れた。

ソファーに腰を落ち着けると、橋爪はサイドボードからブランデーのボトルを取り出して、おれの目の前で封を切った。車で来たからと遠慮したが、帰りは三下をドライバーにつけると言って聞かない。仕方がないから一杯だけ付き合うことにして、なみなみと注がれたグラスを受けとると、香りを嗅いだだけで頭の芯がとろけそうな逸品だった。

「あ、あのさあ――」

自分が手にしたブランデーを一啜《ひとすす》りして橋爪は切り出した。「あのさあ」などというやくざらしからぬ言葉遣いにただならぬものがある。おれは歩み寄る猫の足音を察知した鼠のように身を固くした。

「この女、誰だか知ってるかい？」

橋爪はポケットから数枚の写真を取り出した。そこに写っている女の顔を見て、おれは声が出るのを懸命に堪えた。愛ちゃん――。

「心当たりでもあるのか？」

橋爪は弾かれたように身を乗り出す。

「いえ、ありません」

おれはとっさに首を振った。どんな事情があるのか知らないが、極道の橋爪に目をつけられることが、愛ちゃんにとって良かろうはずがない。写真はスーパーで買い物をしているところ、レジで支払いをしているところ、駅前商店街のアーケードを歩いているところ——。遠くから望遠レンズで撮影されたスナップで、本人に撮られていることに気づいている気配はない。これではやっていることがストーカーだ。

•

「じつはさあ——」

橋爪は薄気味悪く身をくねらせる。

「好きになっちゃってね」

「大福とか肉まんとかそういったものが？」

「ふざけてんのか、おまえ？」

橋爪は極道の声で凄んでみせる。本人はどうも真面目らしい。

「滅相もない。でも、まさか、この女を組長が？」

「悪いか？」

「いえ、とんでもない。お見受けしたところ、なかなかお似合いで」

「そうだろう。おれも五年前に女房に先立たれて以来、きょうまで独り身でやってきたが、そろそろ身を固めていい時期だと思っちゃいるんだよ」

「そりゃ結構なお話で。それでこの女を見初めてしまったと？」

「じつは先々週の日曜日の話なんだが——」

橋爪はしかつめらしい顔で語りだした。

大安吉日のその日、橋爪の甥が市内のホテルで結婚式を挙げた。橋爪も招かれて出席したが、甥は堅気のサラリーマンで、嫁のほうももちろん堅気の家の出で、組の関係者や同業者の冠婚葬祭のように強面《こわもて》の子分を従えて出席するわけにはいかない。ここしばらく山藤組や猪熊一家とは悪い関係ではなかったので、甥の立場を思いやり、橋爪はその日は独りで出席したという。

「いや、いい式でね。新郎も新婦も立派なもんだった。そのあと二次会まで付き合わされたんだ。こんな商売やってると、堅気の衆の輪に入って和気藹々《わきあいあい》の時間を過ごすというのがじつに楽しいもんなんだ。それでついつい度を越してきこしめしてね――」

気がつくと橋爪はどこかの芝生の上で寝ていたという。ぼんやりした目で周りの景色を確認すると、そこが市民公園の一角だとわかった。時刻は午後九時を過ぎていた。二次会の会場を出て、新郎新婦を見送ったところまでは記憶があったが、そのあとどこをどう歩いて、そこにやって来たのかがわからない。

足が痛んで立ち上がるのもままならない。膝を捻挫しているらしい。この日のためにわざわざ新調した礼服は泥だらけ。どこかで転んだか、溝にでも落ちたのだろう。こんな時間まで組長が帰らないのに、子分どもは心配もしていないのかと腹を立てながら、携帯を取り出そうとポケットに手を突っ込んだ。どのポケットにも入っていない。店に忘れてきたか、どこかでなくしたようだった。

橋爪は途方にくれた。若いころはいろいろ馬鹿もやったものだが、代紋を担いで二十五年、警護なしに外出することは滅多にない。足を怪我して、ひどい身なりで、公園の芝生に寝ているなどという体験はむろん初めてだ。

師走も近い夜の風は冷たく、一晩このままここにいれば風邪を引く程度では済まないだろう。そのうえこんなところを山藤や猪熊のおつむの弱い三下に見つかったら、功に走って殺されかねない。場所は表通りから離れた奥まったあたりで、人通りはほとんどない。途方に暮れていると、頭の上で女の声がした。

「どうした？　怪我したの？　大丈夫？」

見上げるとエキゾチックな相貌のすこぶる付きのいい女が心配げに顔を覗き込んでいる。

「いやね。転んで足を捻ったらしくてね。そのうえ携帯をなくしちまったもんだから、家に連絡が取れなくて困ってたんだ」

「あなた、酔ってるね。ちょっと待って」

女はそう言ってその場から駆け出して、缶入りのウーロン茶を手に戻ってきた。橋爪に手を貸して上半身を起こし、プルタブを起こして飲むように勧める。喉がひどく渇いていたので、それはじつにありがたいものだった。飲んでいるあいだに、女は橋爪のズボンをめくり上げ、怪我の具合をみてくれる。

膝のあたりがひどく腫れていた。女はまた立ち上がって、近くの水飲み場に走り、ハンカチを濡らしてきて湿布がわりに膝にあてがってくれた。足の痛みがいくらか和らいだような気がした。湿布の効果というより、女のそんな優しい心遣いが、橋爪の気分を和らげたせいかもしれなかった。

「歩くの、難しいね。家の人、呼ぶ？」

女はバッグから携帯を取り出して橋爪に手渡した。橋爪はそれを借り、事務所に電話をかけた。組の者が迎えにくるのを待つあいだ、女は何度もハンカチを濡らし直して膝にあてがってくれた。あとで礼をしたいから名前と住所を教えてくれといっても、そんな気遣いはいいからと女は笑って答えない。

そのうち組の者がやってきて、橋爪を抱え起こし、通りに停めた車まで運んでくれたが、そのあいだに女の姿は消えていて、けっきょく身元はわからずに終わった。

以来、橋爪はその女のことが忘れられなくなった。顔立ちや言葉の癖からどこか外国生まれらしいということは想像がついた。しかし酔い潰れて公園で寝ていたという話だけでも組長の沽券《こけん》に関わるというのに、そんな女に夢中になっていることまで組員に知れれば自らの権威にひびが入ると、橋爪は胸を焦がす思いを押し隠した。

その女と偶然再会したのは四日後のことで、捻挫した足の治療に出かけた病院からの帰りだった。子分の運転するベンツの後部席にいた橋爪は、信号待ちをしているときに、傍らを通り過ぎたその女に気がついた。慌てて窓を開けて呼び止めた。女は振り向きもせず、表情を硬くして走り去った。助手席にいた子分にあとを追うように指示したが、女の逃げ足は速く、けっきょく繁華街の雑踏のなかで見失ってしまったらしい——。

「それからしばらくして、そのとき追いかけさせた三下が、たまたま出かけたスーパーでその女を見かけたっていうんだよ。おれが関心を持っている理由は教えていなかったんだが、うちの組員にしては珍しく気の利く野郎でね。遠くから携帯のカメラで何枚か写真を撮って、それからしばらく尾行したそうなんだ。ところがそいつが組でも一、二を争う悪相でね。そのせいかどうか途中で感づかれたようで、慌ててタクシーをつかまえてどこかへ走り去っちまったらしい」

橋爪は愛ちゃんの写真を一枚手にとって、深々とため息を吐いた。捨て犬や捨て猫を放っておけない愛ちゃんなら、相手が橋爪でも十分ありそうな話だが、おれとしてはおかしな立場になってきた。

橋爪とゴリラのあいだにはいろいろ悪縁があったはずだが、愛ちゃんがゴリラの女房だとは橋爪もその子分も知らないらしい。もっとも現職警官が裏で付き合いのある極道に自分の女房を紹介する義理も機会もないわけだし、おれだって愛ちゃんのことを知ったのは割合最近のことなのだ。

そのことを教えるべきかどうか、おれは迷った。それを知ったらいくら橋爪でも諦めるだろうと思う一方で、橋爪の尋常とはいえない目の色を見ると、逆にややこしい事態に発展しかねないという惧《おそ》れも抱いた。対応を考えあぐねていると、橋爪がおもむろに身を乗り出した。

「そこでだ、探偵。頼みたいことは――」

「あ、あの、近ごろ仕事が立て込んでまして。別のところにお頼みになったら」

慌てて逃げに入ったが、橋爪は意にも介さない。

「さっき、時間は寄付したいほどあると言ったじゃねえか。なにも寄付しろとは言わねえよ。金はちゃんと払うから、このおれのために多少の労をとって欲しいんだよ」

「は、はあ。そりゃやぶさかじゃありません。でいったい私になにをしろと？」

「その女の身元を探って、おれの気持ちを伝えて欲しいんだよ」

「気持ちと言いますと？」

「言わなくたってわかるだろう」

「わからなくもないですが、仕事として引き受ける以上、正確に伺っておかないと」

「ぜひ一緒になりてえと、そう伝えてくれよ。橋爪大吉、一世一代の願いだと。妾とか愛人とかいうんじゃねえ。正妻としてちゃんと迎え入れる。暮らしに不自由は一切させねえ」

「もしその人に旦那がいたらどうします」

「金を払ってでも別れさせる。だめならコンクリートの下駄を履かせて海に沈める」

橋爪の瞳は純真な少年のように輝いている。やくざにまともな道徳意識を期待しても無駄とはわかっているが、おいそれと引き受ければゴリラと愛ちゃんを裏切ることになる。

「本人の気持ちだってあるんじゃあ？」

「だからおまえに頼むんだよ。ただの子供の使いでいいんなら、うちの組には役立たずがいくらでもいる。動かない石を梃子《てこ》を使ってでも動かしてくれると見込んでのたっての頼みだ。引き受けてくれよ、探偵」

断りでもしたら自殺しかねない勢いだ。もちろんおれにコンクリートの下駄を履かせて海底に沈めたあとで――。それでもおれは抵抗を試みた。

「しかし、そういう話は探偵の領分じゃありませんから」

「領分もへったくれもない。客が困っていることならなんでもやるのがおまえたちの商売だろう。世間にゃ犬の散歩や大掃除や墓参りまで引き受けるところがあるそうじゃねえか」

「そりゃ便利屋ですよ。私はれっきとした私立探偵で」

「だからそのれっきとしたところを見込んで頭を下げてんだ。とりあえず前金を渡しておこう。首尾よくことが運んだら、さらにその倍額を払ってやる」

橋爪は覚束ない足取りで立ち上がり、マホガニーの執務机の抽斗から分厚い封筒を取り出して、無造作におれに投げて寄越した。なかを覗くと帯封つきの新札一束、つまり百万で、成功したらさらにこの倍額ということは、しめて三百万――。ここ最近の大商いだ。まさしく金に目がくらみ、おれは慌てて封筒をポケットに仕舞い込み、あとさきを考えずに仕事を請けていた。

橋爪組の事務所を出て三分後にはそんな自分に嫌気が差して、五分後には自分の置かれた運命に戦々恐々としてきた。もししくじれば恋に狂った橋爪がどんな制裁を考え出すかわからない。そんな話がゴリラにばれたら、おれは八つ裂きにされかねない。


約束どおり橋爪が付けてくれた三下の運転で事務所に戻ると、顔を合わせたとたんに由子が騒ぎ出した。

「あっ、昼間からお酒飲んでる。私一人に仕事をさせて、いったいどういうつもりなの」

自分の机の上にはえびせんやらポッキーやら小枝チョコやらが食べ散らかしてあり、大判のファッション雑誌が大威張りで広げてあるが、そうやって事務所にただ存在することが自分の仕事だと信じて疑うところがない。

「業務上やむを得ない理由があったんだ。橋爪大吉に勧められた。断ればどういう因縁をつけられるかわからない」

「飲むふりだけすればいいじゃない」

「そうしようと思ったが、少々美味すぎた」

「そういう油断が事故を招くのよ。所長が死んだら、残された私はどうなるのよ」

自分が死んだあとの由子の面倒までどうして心配しないといけないのかわからないが、最近妙に女房じみた口をきくようになって、これではなんだか調子が狂う。きょうまで雇い続けてきたのは生来の尻軽女と見込んでのことで、こちらの人生に首を突っ込まれる心配がなかったからだ。

「死んだあとのことなんか考えたこともない」

「でも所長には身寄りがないじゃない。お葬式をして火葬にするのだって、私がやらなきゃだれがやるの」

「解剖用に献体する。遺言を書いておく」

「わたしは退職金もなしに職を失うの?」

「そのときは銀行にある預金をぜんぶくれてやる。それも遺言に書いておく」

「銀行の口座に十万円以上お金があることなんてないじゃない」

「だったら経費でえびせんやポッキーや小枝チョコを買うのはやめろ」

「お客さんに出すためのものよ。でも古いの出すのは失礼だから、私が在庫処分してあげてるんじゃない」

「そもそもこれだけ在庫が必要なほど客が来るのか」

おれは由子の傍らのロッカーの扉を開けた。頭上でせんべいやクッキーやチョコやポテトチップスの雪崩が起きたが、幸い死傷者は出なかった。

「ああ、しまうの大変だったのに。開けるときはコツがいるのよ。スーパーへ買い出しに行くのだって大変なんだから——」

由子はぶつくさ言いながら、落下物の山を片付けはじめる。しようがないから傍らにしゃがんで手伝ってやると、なにかを思い出したように由子はふと顔を上げた。

「橋爪さんていえば、変なのよ」

「ああいう手合いはもともと普通じゃないけどな」

「そうじゃないのよ。きのうの午後、スーパー丸福に買い物に出かけたら」

「たしかおとといも行ってたな。そんなに毎日買い出しに行く必要があるのか」

「そんな細かいことばかり言ってるから、いつまで経ってもお嫁さんが来てくれないのよ。話というのはそんなことじゃなくて——」

ほかに聞く者もいないのに、由子は声を落として顔を寄せてくる。

「ゴルフキャップを目深に被った怪しいおじさんが、店内をうろつきまわっているのよ。万引きでもしようとしてるのかと思って様子を見ていたら、前から空いたカートを店員が押してきて、それを避け損ねて転んじゃったの。足がちょっと悪そうで、杖を突いてたわ。近くだったから駆け寄って助け起こしたら、なんと橋爪さんじゃない。組長さん、こんなところでなにしてるのって訊いたら、向こうは慌てて財布を取り出して——」

由子は人差し指と中指を立ててみせた。

「じゃんけんでもしたのか？」

「ちがうのよ。二万円くれたのよ。組長さんを見かけたことは黙っててくれって」

「もらったのか？」

「だって私の手のなかに無理やりねじ込んで、慌てて店を出てっちゃったんだもの」

「だったらその二万円、おれに寄越せ」

「どうして？」

「勤務時間中に得た収入だから、うちの事務所の営業収入になる」

「橋爪さんは私個人にくれたのよ」

「だったらおれにそれを喋っちまったんだから、橋爪との契約は無効だ。おれが没収して橋爪に返還する」

「冗談じゃないわよ。どうせポケットに入れちゃうくせに」

「まあいい。橋爪がそんなところをうろついていた理由は想像がつく」

「どういうことなの？」

おれは先ほど橋爪から依頼された話を聞かせてやった。由子は目を丸くした。

「ゴリラさん、あれだけ愛ちゃんに惚れてるんだから、橋爪さんに譲ったりしないわよ。それに愛ちゃんは物じゃないんだから——」

「おれの得意先は、みんなそういうまともな話が通じる相手じゃないから、毎度頭を悩ますんだよ。ちょっとこれを見てくれ」

橋爪から預かってきた写真を取り出すと、由子は一瞥《いちべつ》して顔を上げた。

「愛ちゃんね。場所はスーパー丸福と駅前の商店街よ。でもゴリラさんの家からだとずいぶん遠いし、家の近くにもっと大きなスーパーがあるから、普通ならそっちを利用するはずじゃない」

「橋爪がうろついていたのもスーパー丸福なんだな」

「そうよ。ひょっとして――」

「たぶんな。なにか理由があって、その日たまたま愛ちゃんは丸福にいたんだよ。それを子分が見つけて写真を撮った。橋爪はその話を聞いて、また愛ちゃんが現れるんじゃないかと丸福の店内をうろついていたわけだ」

「それじゃストーカーじゃない」

「そのストーカーに仕事を頼まれたから困ってるんだよ」

「じゃあ、引き受けちゃったわけ？」

「百万の前金で、成功したらさらに二百万。断れば魚の餌にされそうな気配だった」

「魚の餌になればよかったのに」

「死なれちゃ困ると言ったはずだが」

「それとこれとは話が別よ。お金に目がくらんで、愛ちゃんの運命を弄ぶなんて最低よ」

金に目がない尻軽女の由子に言われるのは心外だが、言っていることは正論だ。かといって、これから橋爪の事務所へ舞い戻って百万円を突っ返し、その場で魚の餌に加工されるのも考えものだ。

「おれはどうしたらいいんだろう」

相談しても無駄な相手とは知りながら、心細さが先に立って、つい由子に訊いてしまう。

「調べてみたけど、どこの誰だかわかりませんでしたって答えておけばいいじゃない」

「そうなると前金の百万、返せって言われるぞ。暮れのボーナスが出せなくなるぞ」

「それは困るわ。買いたい洋服とかバッグとか、いろいろあるのよ」

「だったらおれに協力して知恵を貸せ」

猫に人生相談しているような気分だが、自分でも皆目アイデアが浮かばないから仕方がない。由子はあっさり言ってのける。

「愛ちゃんに事情を説明して、本人の口からはっきり断ってもらったら？」

それも相手が並の人間なら正論だが、そもそも愛ちゃんの説得までおれに依頼しているということは、自分が振られた場合の責任転嫁の対象におれを想定しているということで、首尾よくことが運ばなければ、とばっちりがすべておれに来るのはわかりきっている。

それにそんな話がもしゴリラに伝われば、今度はゴリラがおれを殺しに来るだろう。そう思ったとき、入院する三日前にゴリラと飲み屋で交わした約束を思い出した。

まさか死ぬとは思わないから軽い気持ちで請け合ったに過ぎないが、執刀する医者が藪だったり、末期がんだというゴリラの危惧がじつは当たりだったりしたら、おれはゴリラとの約束を果たさなければならなくなる。

執念深さでは人一倍の男だから、裏切ればきっと化けて出る。ゴリラの幽霊に取り殺されるのは真っ平だ。かといって約束どおりおれが愛ちゃんの再婚相手になれば、今度は橋爪がおれを殺しに来るだろう。なんの気まぐれを起こしたのか知らないが、神様はとんでもない試練を与えて下さったものだった。

ただ空回りするだけの頭を抱えて、おれは立ち上がった。どこといって行く当てもないのだが、どこかへ行かないと気持ちが落ち着かない。ポケットには百万円の札束がある。

「どこへ行くの、所長？」

案の定、由子が訊いてくる。

「野暮用を思い出した。きょうは戻ってこないから、定時になったら帰っていいぞ」

「飲みに行くんでしょ。だったら私も付き合うわよ」

この手のことに関する由子の動物的直感は恐るべきものがある。心のなかでは弱気の虫が大合唱を始めていた。独りでいるとろくでもないことを考えそうなので、由子でもいないよりはましだろうと、おれは力なく頷いた。

その晩は二、三軒はしごをしたが、酒の力に頼ってもろくなアイデアは浮かばなかった。究極の一手はこの街から逃げ出すことだが、S市の裏社会にここまで営業基盤を築いてしまうと、別の土地で新規巻き直しを図る気にもなかなかなれない。

「男なんてどうせ飽きっぽいんだから、時間稼ぎしてるうちに、組長だってほかの女に興味が移るかもしれないわよ」

女の立場から見た男の生態にことのほか詳しい由子のそんな助言も、無責任な外野席からの声援にしか聞こえない。

最後の店をもう看板だからと追い立てられたところまでは覚えていた。目が覚めると事務所のソファーに横になっていて、毛布代わりにコートがかけられていた。エアコンのスイッチが入れてあって、室内はそう寒くない。

傍らのソファーテーブルに胃薬と缶入りのウーロン茶とシャケと明太子のおにぎりと紙パックの牛乳が置いてあり、小学生が書いたようなへたくそな字の置き手紙があった。

所長、酔っちゃって家へ帰れそうもなかったから、事務所に泊ってもらうことにしました。朝食を買っておいたからちゃんと食べてね。こんなことで負けちゃ駄目よ。これまでだって山虎さんや橋爪さんにはなんども殺されかけて、なんとか生き延びてきたじゃない。所長は悪運が強いから、こんどもきっと大丈夫よ。それから、所長もそろそろお嫁さんもらうこと考えたほうがいいと思うよ。周りをよく見たら、いい人がいるかもしれないよ。じゃあ風邪引かないでね。

由子

由子にしては気が利いている。温《ぬる》くなったウーロン茶でも、酒に爛れた喉には干天の慈雨だった。手紙の文面はとくに励ましにもならないもので、お嫁さんうんぬんはさらに大きなお世話だ。破いて捨てようかと思ったが、いまやこの世で由子が唯一の味方のような気がして、丁寧にたたんでポケットに入れた。

この土地に居つくようになってから地場のやくざとなぜか波長が合って、いまや仕事の大半はその筋からの依頼だ。探偵稼業がそもそも堅気の商売といえるかどうかわからないが、極道社会と堅気社会のはざまに身を横たえて、ときには危ない目にも遭いながら、そこそこ美味い飯を食ってきた。

人生は一度きり。俗物どもが取り仕切る表の世間のしがらみに搦《から》めとられて生きるより、極道の毒気に当てられながらも、本音の人生を気ままに生きるほうがましだと自分を納得させてやってきた。しかしよくよく考えれば極道どもの勝手気ままに翻弄されて、心の奥に秘めてきた人間としての道理さえ風前の灯になりかけている。

橋爪の言いなりになれば、由子の言うとおりおれは最低の人間だ。なんとか切り抜けるアイデアはないものか。ここは思案のしどころだと、灰色の脳細胞に総動員令をかけてはみたが、どいつもこいつも酒でふやけて使い物にならない。夢のお告げにでも期待するしかないと、胃薬を飲んで寝ることにした。

窓から差し込む朝の陽射しで目が覚めた。頭の芯にはわずかに鈍痛があるが、昨夜の胃薬が効いたのか、二日酔いというほどの重症ではない。

けっきょく酒の力も夢のお告げも期待には応えてくれず、由子が買い置きしてくれたおにぎりを牛乳で喉に押し込んで、ぼんやりした頭でまたあれこれ思案する。

橋爪組は地場の独立系で、大手の広域暴力団の傘下にある山藤組や猪熊一家と比べて地縁関係に強みがあり、地元の議員や役人、警察関係者まで裏の人脈を握っている。勢力的には弱小の橋爪組が山藤、猪熊と張り合って生きてこられたのはそのためだ。そんなネットワークがあるわけだから、それを使って愛ちゃんの身元を調べたほうが手っ取り早いはずなのだが、それをあえて避けておれに白羽の矢を立ててきた。子分にもその胸のうちを知られたくない気配だった。

いい年をして堅気の女にのぼせ上がっていることを人に知られるのは、強面が売りの極道の看板に傷がつくということだろう。純情一途なのは察しがついたが、それだけになおさらたちが悪い。心中やら刃傷沙汰に及ぶのも昔からそのタイプと相場が決まっている。

となると橋爪の弱みはまさにそこにある。愛ちゃんに会いたい一心でわざわざ変装してスーパーをうろついていた。そんな話が世間にばれるのを橋爪がいかに恐れているかは、由子に渡した口止め料の二万円が証明している。そうしたやくざの心理に詳しいのは、やはり同業の人間だ。相談相手として適任なのは山藤組の若頭の近眼のマサだった。けろりとした顔で出勤してきた由子に留守を預けて、おれは近眼の事務所に出向いていった。


近眼は事務所のデスクで暇そうに鼻毛を抜いていた。

「朝っぱらからしょぼくれた顔してるな。悩みごとでも抱えているのか」

近眼は舌なめずりするように訊いてくる。別におれの不幸が嬉しいわけではなく、よろず相談ごとにはひっつき虫のように商売の種がついて回ることを承知しているからだ。ここまでの顚末を語って聞かせた。近眼は嬉しそうに度の強いレンズの奥の目を細めた。

「いや探偵、そいつはじつに美味しい話だ」

「おれのほうは命がかかっている」

おれは真剣に訴えた。近眼は余裕綽《しゃく》々《しゃく》だ。

「愛ちゃんを橋爪の毒牙《どくが》から守り、おまえは橋爪から三百万円の謝礼を満額せしめる。そういう手を考えればいいわけだろう」

「そんな巧い手があるのか」

「あればいいんだが」

近眼はきれいに鼻毛を並べたティッシュペーパーを丸めて捨てた。

「S市の極道界きっての切れ者のあんたに、知恵が湧かないはずがないだろう。なあ、恩に着るからなんとかしてくれ」

「だったら謝礼は五割の百五十万でどうだ」

「なんの話だ」

「おまえが首尾よく三百万を手に入れた場合のおれに対する謝礼だよ。とりあえず前金の百万は受け取っているんだろう。まずはそこから五十万だ」

近眼は掌を上にして片手を差し出した。おれは大袈裟にため息を吐いてみせた。

「あんたは親友だと思っていた」

「恩に着るというのは嘘なのか」

「恩義を返すといっても有形無形いろいろあるだろう」

「無形のほうはおれの好みじゃねえんだよ。恩義というものには適度な厚みが必要だ」

立場が替わればむろんおれにも共通する好みだが、ここで近眼にむしられるのは納得がいかない。おれは慇懃に申し出た。

「だったら二割ということで」

「四割に負けてやる」

「では中をとって三割ということでは？」

「それでいい。まず前金の三割の三十三万三千三百三十円。端数はまけといてやる」

近眼はまた掌を差し出した。

「いまは持ち合わせがないんだよ。今度来たときに渡すから」

「背広の胸のあたりが馬鹿に膨らんでいるような気がするが」

近眼は伊達に眼鏡はかけていない。銀行に預けてくれればよかったと後悔しながら、ここはとぼけて押し通した。

「きのうからちょっと風邪気味で、厚着をしてるもんだから」

「しようがねえ。なるべく早くしてくれよ」

胡散臭そうな目を向けながらも近眼はしぶしぶ応じた。おれはさっそく本題に入った。

「で、どういうアイデアがあるんだよ」

「愛ちゃんに死んでもらうしかねえだろう」

「ふざけるな。その程度の知恵しか出ないんなら、分け前の話はチャラにする」

「早とちりするなよ。殺すという意味じゃねえ。死んじまったことにすればいい」

「どうやって橋爪にそれを信じさせる。もし信じたところで、残りの二百万は払っちゃくれないだろう」

「そこだよ、そこ。橋爪は見かけに寄らず純情だ。だからこんなややこしい話になっているわけだろう。そこを逆手にとるんだよ」

近眼はしたり顔で煙草に火を点ける。おれは苛《いら》ついてデスクを小突いた。

「言ってることの意味がわからない」

「たとえば、橋爪が涙に咽《むせ》ぶような悲しい物語をでっち上げるんだよ――」

「どういう話だ」

「それはこれから考える」

「当てにならない話だな」

「まあ、おれを信じてしばらく時間を稼いでくれよ。仕掛けはきっちり用意するから。とりあえず愛ちゃんの写真が一枚必要だな」

「いったいなんに使うんだ」

「証拠の書類とでもいったところだ。ともかく大船に乗ったつもりで任せておきなよ」

近眼は煙草の煙で器用に輪をつくる。狐につままれた気分で、おれは近眼の事務所をあとにした。


駅前商店街のラーメン屋で坦々麺と餃子の昼飯を済ませ、きのう橋爪組の若頭の蓑田から依頼された仕事の情報を取りに市役所へ足を向けた。

目当ての人物は商工振興課の係長で仁科《にしな》という男だった。いまも景気が低迷する市内の中小零細企業は、倒産会社に群がって骨の髄までしゃぶり取る暴力団系の整理屋の草刈り場で、そのへんの情報には高いニーズがある。

そんな関係から商工振興課とのパイプはおれの貴重な財産で、仁科には毎月ほどほどの額の小遣いを渡している。おれも市内の零細事業主の一人だから、相談を装って出向けばいつでも気軽に会ってくれ、こちらの商売がらみの特殊な相談にも乗ってくれる。

昼飯時を過ぎてがら空きの地階の食堂に仁科はおれを誘った。事前に連絡を入れておいたので、仁科は噂の類まで含めて調査対象の身辺情報を集めてくれていた。ざっと話を聞いただけで男の居場所は見当がついたが、あまり簡単に見つけてしまうと報酬を値切られる可能性があるので、その件はもうしばらく仕舞っておくことにした。

「ところで橋爪大吉の噂、聞いてる？」

依頼主の名前は出していないのに、仁科が唐突に訊いてくる。きのう出向いたことは伏せて問い返した。

「とくに派手な動きはないようだけど、なにか耳寄りな話でも？」

「足元が危ないという噂じゃない？」

膝を捻って杖を突いているのはたしかだが、それが取り立てて耳寄りな話とは思えない。

「足元というと？」

「お家騒動の動きがあるらしいのよ。知らないの？」

仁科はわざとらしく驚いてみせる。聞きもしない情報を自ら提供してくるところに下心を感じた。へたに興味を示すと、月々の手当とは別枠で情報料を請求されかねない。

「橋爪組に限らず、そんな噂はしょっちゅう耳に入る。あの業界も世知辛くなってきて、渡世の義理も金次第という時代だからな。まあ大概はガセネタで、この土地の親分衆に限っていえば不穏な動きはないと思うが」

「のんびり構えていると足元をすくわれるよ。おたくが付き合いがあるのは組長で、若頭の蓑田とは縁が薄いようじゃない」

「それほどでもないよ。じつはきょうの一件は蓑田から依頼された仕事でね」

「そうなの。じゃあ、この話には興味がないというわけね」

仁科は計算高そうにもともと細い目をさらに細くした。悔しいが、ここはあえて術中にはまるしかなさそうだ。

「じゃあ聞かせてもらおうか」

「特別料金。前払い」

仁科は顔を近づけて声を落とす。由子といい、近眼といい、この仁科といい、どいつもこいつもおれからむしり取ることしか考えない。とりあえず素っ気なく応じてみせる。

「それは話の内容による。ガセネタを金で買う気にはなれないね」

「しようがない。あんたのがめつさはいまに始まったことじゃないからね」

自分のことは棚に上げ、厭味を一つ投げつけて、仁科はおもむろに語りだした。

「組長がちょっとおかしいって噂を、若頭の蓑田があちこちに流してるらしいのよ」

「おかしいって？」

「いわゆる認知症だね。稼業のことで相談しても上の空だし、ときどき街中を一人で徘徊してることがあるそうでね」

橋爪に起きている異変の理由はおれにはなんとなく見当がついたが、さらに情報を引き出すためにとりあえずふんふん頷いてやった。

「年はまだ五十代半ばだけど、若年性アルツハイマーってのもあるからね。問題を起こして世間に無様な姿をさらす前に、きちっと代替わりを済ませてやらなきゃ、大恩ある組長への義理が果たせない——。そういう話をあちこち出かけては喋ってるらしいのよ」

「あちこちってのは？」

「橋爪組のフロント企業やその得意先。一応法人として登記してるから、うちの部署とも接触があるわけよ。そういうルートからの情報だから、信憑性は高いと思うけど」

「市役所は税金使って、やくざの稼業の手助けまでしているわけか」

ひとこと厭味を返してやっても、仁科はてんから悪びれるところがない。

「やくざがやってる会社でも、税金を払ってくれればうちにとってはお客様でね。地場の会社で羽振りがいいのは、むしろそっちのほうなのよ。市としてはフロント企業育成基金の創設を検討しているくらいでね」

「おれみたいな真面目な事業主には手を差し伸べてくれないのか」

「役所もビジネスセンスが要求される時代だからね。将来性のない業種に税金を投入するのは財政運営上問題があるわけよ」

仁科は無慈悲な銀行の融資担当者のような口を利く。こんな下っ端役人が考える私立探偵の社会的地位がやくざより下だと知って悲しくなった。おれはコーヒーの残りを飲み干して立ち上がった。

「貴重な情報、ありがとう。またそのうち」

「待ってよ。特別料金払ってくんなきゃ」

仁科も慌てて立ち上がる。おれはその耳元でささやいた。

「まず、おれのほうで裏を取る。本当の話なら来月分の基本料金に上乗せする。屑情報だったら迷惑料として一割差っ引く」


市役所を出たとき、時刻は午後三時を過ぎていた。ゴリラの手術はもう始まっているはずだった。

ポリープを取るくらいで万が一にもゴリラが死ぬはずはないが、愛ちゃんが一人で心細いだろうと気になった。このあととくに用事はないし、橋爪の一件はとりあえず近眼に任せておくしかない。近眼から愛ちゃんの写真を手に入れるように頼まれてもいた。どう愛ちゃんにその話を切り出すか、まだ頭はまとまらないが、ともかく病院へ出向いてみることにした。

仁科の話は信憑性が高かった。アルツハイマーの話は怪しいものだが、橋爪がいま恋に身を焦がしているのはたしかだった。徘徊の話は由子がスーパー丸福で遭遇したときの橋爪の行動のことだろう。若頭の蓑田は抜け目なくそれを根回しの材料にしていると考えられる。

独立系の橋爪組には上部組織がないわけで、組の内部や関係先のコンセンサスさえ整えれば、組長の橋爪であっても打つ手はない。そもそもいまは愛ちゃんのことでのぼせ上がって、たぶん蓑田の動きには気づいていない。

S市立病院の駐車場に車を停め、表玄関から入っていく。すぐのところが外来の待合室で、この時間になると患者の数もすでにまばらだ。そのなかに問題の人物の顔を見つけて、おれは慌てて柱の陰に身を隠した。性格の悪そうな三下を一人従えて、退屈そうにベンチに座っているのは橋爪大吉その人だった。

なんでこんなところに――。愛ちゃんと遇った夜に捻ったという膝の治療に来ているとみるのが妥当だが、仁科から聞いた若年性アルツハイマーのこともあったので、しばらく様子を窺うことにした。

橋爪がどういう人物か周囲の患者たちはよく知っているようで、二人を中心に半径五メートルほどの円内に足を踏み入れようという者はいない。

そのときエレベーターのドアが開いて、この場に居合わせて欲しくない人物が降りてきた。愛ちゃんはホールを突っ切って売店のほうに向かってゆく。このままでは橋爪の真ん前を横切ることになる。そうなったら万事休すだ。おれは慌てて柱の陰から飛び出して、橋爪の前に立ちはだかった。お供の三下が身構えた。橋爪はぎょろりと目を剝いた。

「なんだ、探偵。こんなところでなにしてる。頼んだ仕事は進んでいるのか」

「え、ええ、その、鋭意調査を進めているところでして。きょうはちょっと風邪気味なもんで、寝込んじまったら組長の仕事に遅れが出ますんで、ご迷惑をかけないように早めに医者に診てもらおうと――」

「そうかい。そいつはいい心がけだ。たしかに顔色がよくねえな。しっかり治して、いい仕事をしてくれよ」

顔色が悪いのは二日酔いがいくらか残っているせいだろう。とっさの嘘を橋爪は信じたようだった。視野の片隅で愛ちゃんが売店のなかに姿を消したのを確認し、こんどはこちらから橋爪に問いかける。

「で、組長はどこか具合が悪いんで？」

「こないだ話した膝の治療で来たんだよ。そっちの診察は済んだんだが、ついでに気になるところを診てもらおうと思ってね」

「気になるところといいますと？」

「そいつは言うわけにはいかねえよ。営業上の秘密といったところだな」

橋爪は締まりなくにやついてみせる。そのとき院内スピーカーから声が流れた。

「橋爪さん。橋爪大吉さん。第五診察室へおいでください」

「おっと、順番が来たようだ。探偵、風邪くらいで怠けてねえで、仕事はしっかりやってくれよ。いい加減なことでお茶を濁そうなんて了見だったらただじゃおかねえぞ」

最後にひとこと凄みを利かせて、橋爪は診察室が並ぶ廊下に向かっていった。受付カウンターの上に、外来の各診察室の配置図と案内を書いたボードがある。第五診察室のところを見て、先ほどの仁科の話があながちガセではないかもしれないと思い直した。そこは心療内科の外来診察室で、心因性のさまざまな疾患名が並ぶなかに「認知症」の文字もある。

橋爪自身が自分の心になんらかの異変を感じているらしい。そう考えれば、たしかに橋爪の愛ちゃんへの入れ込みようは普通ではなく、認知症の兆候といえなくもない。そうだとしたら、今回の事態へのおれの対処も違ってくる。橋爪からの依頼にかまけていたら、ババを引くことにもなりかねない。

売店から愛ちゃんが出てきた。おれは慌てて駆け寄った。

「あら、探偵さん、きょうも来てくれたの？」

一人で心細かったのだろう。ほっとしたような表情で立ち止まりかけた愛ちゃんを急《せ》かすようにしてエレベーターに駆け込んだ。

「どうしたの？　何かあったの？」

おれの挙動に不審なものを感じたのだろう。戸惑うような表情で愛ちゃんが訊いてくる。ゴリラが手術中でただでさえ大変なときに、余計な心配ごとを抱え込ませることはないだろうと、おれは話の向きを切り替えた。

「旦那の手術は順調なの？」

「午後一時から始まって、二時間で終わると聞いてたのに、まだ戻ってこないの」

時計を見るとまもなく四時。一時間のオーバーだ。病室にいても落ち着かないので、替えのパジャマやら下着やらを買いに降りてきたらしい。

「そのくらいの予定の狂いはよくあることだよ。ゴリ——、いや旦那は生命力が強いから、刺身にされても死ぬはずがない」

言ってしまって、際どいジョークだったと後悔したが、愛ちゃんはにこりと笑った。

「そうよ。彼、とてもタフだから、ポリープくらいで死んだりしないよね」

外科病棟のある三階でエレベーターを降りて、ゴリラの病室に向かった。ゴリラはまだ戻っていなかった。病室を覗いた看護師に訊いてみた。開腹してみたところ、事前に発見されていたのと別のポリープが見つかり、そちらも一緒に切除してしまおうということになって時間が延びている。患者の容態に異状はないので心配は要らないと、看護師はやけに明るい口調で説明した。

最近はビデオを使って手術の様子を家族に公開する病院もあるらしいが、S市立病院はそこまで進歩的ではない。家族は病院側の説明を信じるしかない。看護師が立ち去っても愛ちゃんの表情から不安そうな翳《かげ》は消えなかった。それはきのうも感じたし、ゴリラの取り越し苦労の原因かもしれなかった。おれは愛ちゃんに訊いてみた。

「きのう、おれになにか相談ごとがあったようだけど、なんだったの」

「ああ、あのこと？」

愛ちゃんは二脚あるパイプ椅子の一つをおれに勧め、もう一つに腰を下ろした。

「怖いのよ」

「怖い——。なにが？」

「怖い連中に追われているの」

愛ちゃんを追いかけた悪相のチンピラのことを言っているのか。それとも橋爪本人のことを言っているのか。いずれにしても愛ちゃんは、そのあたりのことにやはり気づいていたようだ。ここはとぼけて訊いてみる。

「怖いって、どういう連中？」

「やくざよ。ベンツに乗っていて、うしろの窓に組のマークがついていたから——」

それはたぶん橋爪のベンツだ。リアウィンドウには橋爪組の代紋が彫り込まれている。その筋のお方の車だと一般市民に明示することで、無用なトラブルを避けようという極道の知恵でもある。

愛ちゃんがゴリラと出遇ったのは、やくざが絡んだフィリピンパブで不法就労を強制されていたときで、たまたまがさ入れに加わってその身柄を保護したゴリラが一目惚れしてしまったという話だった。そのころ目にしたやくざが車に代紋を背負っていたのを愛ちゃんは覚えていたらしい。愛ちゃんのやくざに対する恐怖心はいまも相当強そうだ。公園に倒れていた橋爪を介抱したのはやくざだと知らなかったせいだろう。

「駅前通りを歩いていたら、その車のなかから声をかけられたの。おい、姉ちゃんて——。私は慌てて逃げたのよ。そしたら車に乗っていた一人が追いかけてきて」

「声をかけたのはどういうやつ？」

「怖くて顔を見なかったの。でも追いかけてきた男は覚えているわ。凶暴そうな顔をしていて、人なんか平気で殺せそうなやつ」

愛ちゃんは怖気立《おぞけだ》つ素振りをしてみせる。橋爪から聞いた話の裏がとれた。愛ちゃんは、声をかけたのが自分が公園で介抱した人物だとは知らないわけだった。

「そのことをゴリ——、いや旦那には言ったのか？」

「言ってないの。手術のことを気にして落ち込んでたから、それ以上心配かけたくなかったの。それにもし言ったら、怒ってなにをするかわからない人だし——」

わからないでもない説明だ。いずれにしても愛ちゃんのやくざへの恐怖心を考えれば、橋爪の希望を叶えてやることは不可能と言わざるを得ない。あとは近眼の作戦に賭けるか、あるいは蓑田によるクーデターで橋爪が失脚するのを待つしかない。しかし自分の運命の行方が、すべて他力本願なのが気に入らない。

〈お金に目がくらんで、愛ちゃんの運命を弄ぶなんて最低よ〉

あの由子のひと言はいまも胸に刺さった棘《とげ》だった。橋爪はまだ病院にいるはずだ。これから捉まえて説得しよう。まさか人目のある病院で乱暴狼藉を働くわけにもいかないだろう。

おれは愛ちゃんにしばしの暇乞いをして、エレベーターで一階に降りた。橋爪が入っていった第五診察室に向かい、ドアの脇のベンチに腰を掛けた。外来診療の受け付けは終わったようで、診察室が並ぶ廊下はすでに閑散としている。

安普請の診察室の壁に耳を押し当てる。なかから会話が聞こえてきた。

橋爪の声——。

「どうしても無理ってことかね、先生？」

医師の声——。

「ああ、治療をはじめてもう一年。あらゆる手は尽くしたよ」

「そこをひと踏ん張り、なんとかしてくれんか、先生。橋爪大吉、これは命と引き換えにしてもいいくらいの頼みなんだ」

「しかしねえ。現代医学といってもやはり限界があるんだよ」

「どんな大手術でも受けるから。失敗して死んでも、そんときゃ先生を恨まねえ」

「いやいや、そういう問題じゃない。あなたの症例はもっと別の意味で面倒なんです」

「頭の問題だって言うんなら、頭蓋骨かち割って、中身引っ掻き回してでも原因究明してくれよ」

「だからそういう問題じゃないんですってば――」

橋爪と医者の話はさらに続いた。予期せぬ拾い物におれはほくそえんだ。急いで病院を出て、橋爪組と縁のあるろくでもない連中のところを一回りして鼻を利かせた。市役所の仁科の話の裏は十分取れた。


翌朝はえらく冷え込んだ。テレビのニュースによれば、この冬最強の寒波が到来したらしい。おれはコートの襟を立て、事務所はパスしてじかに近眼のところへ足を向けた。近眼はおれを待ちかねていた。

「伊達に探偵の看板は出していねえな。それだけのネタがあれば、三百万どころかその倍でもふんだくれるぞ」

おれはさっそく確認した。

「そっちの準備はできてるんだろうな」

「もちろんだ。写真はあるか?」

「ああ、こんなのでいいんだろう」

きのう、やむなく愛ちゃんに事情を話し、病院の近くの写真屋で撮らせたスピード写真を手渡した。

「上出来だ。三十分ほど待っててくれ」

近眼は写真を持ってどこかへ出かけた。おれは近眼のデスクの電話を使って、事務所にいる由子を呼び出した。

「やってもらいたいことがある。急いで近眼の事務所へ来てくれないか」

由子は暖かい事務所から出ないで済ます言い訳をあれこれ並べたてる。それをねじ伏せるように受話器を置いて、おれはゆうべ徹夜で考えたシナリオを点検しはじめた。

橋爪には気の毒だが、ここで容赦はしてやれない。愛ちゃんへの思いがいかに純でも、そのために手段を選ばない人間性が許せない。いかに気の毒な病を抱えていても情状酌量の余地はない。べつに正義漢を気取っているわけではない。こちらから攻めなければ、おれ自身に降りかかる火の粉が払えない。

やくざにとって命より大事なのは体面だ。見方を変えればそこが急所だ。その急所を蹴り上げる大任を、おれは由子におおせつけることにした。由子の声は愛ちゃんに似ている。舌足らずで語彙《ごい》不足のところも日本語がまだ達者ではない愛ちゃんを思わせる。

私文書や公文書の偽造は整理屋が本業の近眼にとってお手の物だ。近眼がいま用意しているのは愛ちゃんとほぼ同年齢のフィリピン国籍の女のパスポート。もちろん偽造で、ベースは不法就労で強制送還されたフィリピン人ホステスのものだ。行きつけのフィリピンパブの店主がその写しを保管していたらしい。そんな話を耳にしていた近眼が頼み込んで手に入れた。そこに愛ちゃんのスピード写真を貼り付けて、もう一度コピーしたものをおれが仕事をした証拠として橋爪に提示するという段取りだ。

ほどなく由子がやってきた。かいつまんで作戦を語ってやると、由子は複雑な表情だ。

「なんだか橋爪さんもかわいそうね」

おれは心を鬼にした。

「愛ちゃんを救うためだ。おれの命を守るためだ。三百万円満額手に入れて、おまえにたんまりボーナスを出してやるためだ」

最後のフレーズで由子も心を鬼にした。

「愛ちゃんの喋り方の癖はわかってるから、まかせてちょうだい。ぐさぐさ傷つけちゃっていいわけね」

「ああ、遠慮はいらない。あとの始末はおれにまかせろ」

そんな話をするうちに近眼が帰ってきた。マニラ市生まれのアナマリア・ロペス——。それが近眼が用意したパスポートのコピーの名義だった。ただし写真のところが本物の愛ちゃんと入れ替わっている。

さっそく橋爪に電話を入れて、これから出向くからとアポを取り、そのコピーを手に近眼の事務所をあとにした。


「よくやってくれたな、探偵。仕事が早いのがお前の取柄だ」

橋爪は機嫌よくおれを迎えた。おれはパスポートのコピーを手渡した。

「おお、この女だよ。どうやって見つけ出したんだ」

「日ごろからアンテナはあちこち張り巡らしてますからね」

「会ったのか」

「会いました。組長さんの思いを伝えたところ、相手はかなり乗り気でした」

「そうかい。いったいどういう女なんだ」

「フィリピンパブで働いています。もちろん不法就労で。それでも構わないんですか」

「構わねえよ。こっちも堅気の人間じゃねえ。清濁併せ呑む気概がなきゃあ、極道の看板は背負えねえ」

橋爪の眼差しは恋する少年のように真剣だが、それにひるんではいられない。

「本人と話してみますか」

携帯の番号をメモした紙片を手渡すと、橋爪は黙ってそれを受けとって、手真似で部屋を出るように合図した。おれは素直に従った。

廊下に出ると、待ちかねていたように若頭の蓑田が手招きする。気のない素振りで歩み寄ると、蓑田は声を落として訊いてくる。

「探偵、組長からなにを頼まれてるんだ」

「ごくプライベートなことでね。探偵にも守秘義務ってものがあるから」

「あちこち話を聞き回っているらしいが、余計なことに首を突っ込むんじゃねえよ。先々の商売のことを考えろ」

ポケットのなかのデジタル録音機のボタンをそっと押しながら、とぼけた顔でおれは応じた。

「あちこち歩くのはおれの商売だ。いったいなにを気にしてるんだ」

「余計なことをほじくって組長に注進するつもりなら、今後の商売に差し障りがでるだけじゃ済まねえぞ。そもそも生きてなけりゃ商売もできねえだろう」

「組を乗っ取ろうと考えてるんじゃないだろうな。その手の話ならとっくに小耳に挟んでる。まさかあんたがそんなことをするはずがないと、ずっと聞き流していたんだが」

「まあ、せいぜい頭を働かせろよ。どっちにつくのが得なのか」

蓑田は薄気味悪い笑みを浮かべておれの傍らから立ち去った。あまりにもあからさまな恫喝だ。蓑田が権力を掌握するようなことになれば、たぶんおれの運命は風前の灯だ。そういうことなら、ここは橋爪に肩入れするしかなさそうだ。

背後で応接室のドアが開く音がして、橋爪が声をかけてくる。

「探偵。ちょっと来てくれ」

部屋に入ると橋爪は言った。

「あの女のことはもういいよ。おれは身のほどを知らされた。おまえはいい仕事をしてくれた。約束の謝礼は払うから、今回のことは口が裂けても誰にも言うなよ」

橋爪の顔はいまにも自殺しそうに暗かった。由子の注射が思いのほか効いたようだった。

おれは素知らぬ顔で問いかけた。

「いったいどういう話だったんで？」

「訊いてくれるな、探偵。男にゃ死ぬまで人に言えねえ秘密ってものがある。やっぱりおれの思い上がりだった。しょせんおれには女をくどく資格なんてねえんだよ」

橋爪の心中を思うとどうにも胸がふさがれた。ほかに打つ手がなかったとはいえ、相手の弱みにつけ込んだ卑劣な手段だったのは間違いない。おれはポケットから録音機を取り出して、その埋め合わせに橋爪に手渡した。

「ここ最近、あちこち出向いて聞いた話が録音されています。おたくの組と付き合いのある連中です」

「どういうことなんだ？」

橋爪は怪訝な顔で問い返した。

「聞いてもらえばわかります。身辺に不穏な動きがあるようなら、電話を一本入れてください。手助けできることもあるでしょう」

「わかった。約束は約束だ。これは黙って受けとってくれ」

橋爪はまだ戸惑いの色を残しながら、分厚い封筒を手渡した。おれは中身を覗かずにポケットに入れて、黙って橋爪のもとを辞した。


近眼の事務所では、由子と近眼がおれを待ちかねていた。さっそく近眼が訊いてくる。

「首尾はどうだった？」

「上々だ」

橋爪から受け取った封筒を見せてやると、由子と近眼の瞳が輝いた。おれは由子に問いかけた。

「橋爪はずいぶん落ち込んでたぞ。どういう話をしてやった？」

「結婚してもいいけど、条件は夜のお勤めで、毎晩絶対に欠かさないこと。いまの彼氏がまったくだめで、フラストレーションがたまって、私はとても堪えられない。それに子供が大好きだから、どうしても五人はつくりたい。組長さんは絶倫だって探偵さんから聞いたから、こちらはとても乗り気なのって――」

敵の弱みを無邪気に突いた由子の演技が目に浮かぶ。あの病院の診察室での医師との会話から、橋爪はここ数年いわゆるＥＤ（勃起障害）で悩んでいて、バイアグラからなにからあらゆる療法を試したが、症状の改善はまったく見られず、医者も匙《さじ》を投げている様子が窺えた。愛ちゃんへの一目惚れはその方面での焦りを倍化させていたことだろう。

「それは近眼が書いたシナリオなのか？」

「ううん。全部私のアドリブよ」

「ほとんど本音に聞こえるな」

「近眼さんの前で恥ずかしい思いをしながら大演技したのよ。そんなこと言うなら、ぜんぶお芝居だって組長さんにばらすから」

「いや、冗談だ。それより、あそこの若頭の蓑田のことだが――」

そう言いかけたところへポケットのなかの携帯が鳴った。橋爪かと思って耳に当てると、慌てふためいた愛ちゃんの声が流れてきた。

「探偵さん、大変なのよ。主人が――」

つい先ほどゴリラの容態が急変して、いま集中治療室にいるという。手術ミスでもやらかしたのか、それともゴリラが疑っていたとおり、すでに全身にがんが転移して、いつ死んでもおかしくない状態にあったのか。

ゴリラとの約束を思い出し、こちらも慌てふためいた。せっかく橋爪を騙して窮地を脱したところなのに、いまゴリラに死なれれば、再び厄介な事態に直面しかねない。近眼に事情を話し、由子を連れて病院に駆けつけた。

ゴリラはチューブやコードを何本も繋がれて、死人のように青ざめていた。愛ちゃんはその傍らで泣き崩れていた。心電計の波形は素人目にも弱々しく、脳波計の波形も平坦に近かった。付き添っている若い医師の顔も緊張気味だ。おれは思わず食ってかかった。

「たかがポリープの手術で、どうしてこんなことになったんだ」

「それがどうにも原因不明で――」

切迫した状況にしては医師の態度は曖昧だ。

「ミスでもやらかしたんじゃないだろうな」

「とんでもない。手術はなんの問題もなく――」

そのときどこかで小さく携帯の着信メロディーが鳴り出した。どこかで聞いた曲だった。電波障害を受けやすい機械が並んでいるＩＣＵ内で、携帯の電源を入れておくとは、いくらなんでも無神経すぎる。

着信メロディーはすぐに鳴り止んだ。居合わせた看護師たちが医師に非難めいた視線を向けている。頭のなかでチャイムが鳴った。目の前にいるのは一昨日、廊下で携帯を使っていたあの医師だった。おれはすかさず詰め寄った。

「先生の携帯の番号は？」

「あ、あの、その――。えーと、なんだったかな。自分の番号はついど忘れして」

医師はあらわに狼狽する。

「私、知ってます」

看護師の一人がそう言って足早にドアに向かった。しばらくしてまた同じ着信メロディーが鳴り出した。おれはゴリラのベッドに歩み寄り、腹のあたりに耳を当てた。メロディーはさらにはっきり聞こえてきた。

今度は医師の耳を引っ摑み、ゴリラの傍まで引きずっていって、その腹に頭を押し付けた。顔面蒼白になって医師は言った。

「す、すぐにオペの用意をします」


ゴリラは一命を取り留めた。主治医は一種の携帯病で、手術中も肌身離さず携帯を持ち歩き、周囲の顰蹙《ひんしゆく》を買っていたという。

ゴリラの腹を捌《さば》いているうちに、それがポケットから胃のなかに落ちてしまい、そのまま気づかずに縫合してしまった。本人はどこかに置き忘れたと思い、そのあとあちこち探していたが、まさか患者の腹のなかだとは思わなかったらしい。

携帯は最新型の防水タイプで、それが十二指腸に引っかかり、ゴリラは腸閉塞を起こしていたという。病院は二百万円の慰謝料を提示した。ゴリラはそれを四百万につり上げて示談に応じた。ゴリラのことだから、携帯の一つや二つ放置してもいずれ消化してしまったかもしれないが、あの飲み屋での約束を果たさずに済んで、おれはとりあえず安堵した。

橋爪は自らの意思で組長の座を退いた。その真意は不明だが、橋爪の男のプライドを一撃したあの一件が無関係だとは思えない。跡目を継いだのは橋爪が目をかけていたナンバー3の若手幹部で、若頭の蓑田はそれ以後行方不明になっているという。組の周辺ではS市沖の海底に沈められたとの噂がまことしやかに囁かれ、漁港に揚がるタイやヒラメが美味くなったとの評判も立っている。

再手術の二週間後、おれと由子はゴリラを見舞った。やはりその生命力は旺盛で、点滴のチューブはもう外れ、不味《まず》い不味いと言いながら病院食を残さず平らげていた。

愛ちゃんは甲斐甲斐しくゴリラに付き添っていた。あんな男のどこがいいのかわからない。博愛主義の愛ちゃんにとっては犬も猫もゴリラも愛の対象なのかもしれないが、その睦まじさには嫉妬を感じるほどだった。

病院を出たとたんに木枯らしが身を苛《さいな》んだ。なんだかひどく寂しくなって、傍らの由子に目を向けた。由子はにっこり微笑んで、おれの腕に自分の腕を巻きつけた。気弱になったおれの心に由子の温もりが沁みてきた。唐突に由子が言った。

「夫婦っていいね。そう思わない、所長？」

「ああ、あの二人を見てるとな」

「所長もそろそろ結婚したら？」

「ああ、いい相手がいてくれたらな」

誘導訊問とは露知らず、おれはうっかりそう答えた。由子は突然にんまり笑った。

「ここに一人いるじゃない」

解説

百々典孝《どどのりたか》
（紀伊國屋書店梅田本店）

書店員から見た、いい作品との出会い。それは第一に自分が読んで面白い。第二に多くのお客様に手に取っていただける。第三にその作家の他の作品を読みたくなる。という事になるでしょうか。

本屋に勤務する書店員というものは、一冊の小説を読んで「あぁ、なんて面白い小説なのでしょう」と単純に喜んでばかりではいられない。読了の瞬間から、多くのお客様にその作品の面白さをお伝えする為の展示の仕方やＰＯＰの文面で頭を抱え込むという、哀しい宿命を背負っています。昨今の活字離れや出版不況というものにもちょっと抵抗したいし、少しだけ棚の売上も考えなくちゃ。

いい作家や作品との出会いは、日常業務の中でのこのようなほんのささやかな苦労や問題を、すべて帳消しにしてくれるようなものです。

私の場合は、笹本稜平氏の本格的デビュー作であり、私立探偵が醸《かも》し出すハードボイルドな雰囲気と物語の根底にある家族愛、印象的なラストシーンと衝撃的な結末が話題となった

『時の渚』（二〇〇一年第一八回サントリーミステリー大賞と読者賞をダブル受賞）を読了した瞬間、これがその出会いってやつだなぁ、としみじみ思いました。

当時は、先述した条件の三つ目が満たされない不自由な思いもありましたが、この作品をお店の一等地でお客様にご提案。そしてこの作品をお読みになったお客様は、彼の次作が店頭に並べられる日を、いまかいまかと待ちわびている――そんな光景が即座に脳裏に思い描かれました（それは後に実現し、多くのお客様に活字中毒になっていただきました）。

以降、私の期待通りの作品を次々発表。『天空への回廊』では、エベレスト山頂付近に墜落したアメリカの人工衛星を巡る国際謀略小説と、大自然を相手にするスケールの大きい山岳小説の魅力を併せ持った作品を見事に完成させ、『大平洋の薔薇』（第六回大藪春彦賞受賞）では、海洋冒険小説と国際謀略小説との奇跡的な融合に成功。

『フォックス・ストーン』『マングースの尻尾』『サハラ』ではアメリカ・日本・アフリカを舞台に、伝説的傭兵が繰り広げる国際謀略戦を、『駐在刑事』『不正侵入』『越境捜査』『素行調査官』では、ハードボイルドタッチで異色の警察官を主人公とした警察小説を描き、どれを読んでも外《はず》れがありません。

硬派な男の世界を描くエンターテインメント作家として彼に死角がない事は、今までの作品群から既に証明されていますが、この『恋する組長』は、一転して軽妙なユーモア探偵小説に仕上がっています。連作短編集としては『駐在刑事』に続く二作目となるこの作品で、彼の死角は更に少なくなっている事が一読された読者には、お判りいただけたかと思います。

さて、本作の舞台となるのは首都圏のS市。そこは、東と西の指定広域暴力団と地場の独立系が三つ巴の争いを展開している、我々カタギの人間にはちょっとややこしそうな街。

主人公〝おれ〟は私立探偵を営むが、顧客は専《もっぱ》らやくざばかりになってしまっており、舞い込む依頼はややこしいものばかり。それらの依頼を描く六つの短編から構成された、一つの連作長編となっています。

ではそれぞれの短編＝依頼内容をみてみましょう。

死人の逆恨み
因縁浅からぬ、あこぎな街金を営むコマシのテツが、おれの事務所で首を吊って死んでいた。死体の様子では、自殺に偽装した殺しらしい。このままでは、第一容疑者だ……。自らに降りかかった火の粉を払う為、おれは自分の次にコマシを殺しそうなやつのところへ出向くことにした――。

犬も歩けば
泣く子も黙る地場の暴力団山藤《やまふじ》組の組長、山藤虎二《とらじ》からの依頼が入る。「愛犬のベルちゃんを捜して欲しい」。命惜しさに捜索を始めてみると、死体を一体、頭蓋骨を一つと迷宮入りの事件を一件、そして文化財を一つ発見してしまう。どうしてこうなるのやら。

幽霊同窓会

山藤組の若頭、近眼のマサが消息を絶った。虎二の依頼でマサを捜していると、またもや死体を発見。マサが4日前に会った友人だ。しかし、そいつは一年前に死んでいるはずの男だった。「野郎、やっぱり出やがったか」。どうか成仏《じょうぶつ》して下さい。

ゴリラの春

S署刑事課のゴリラこと、門倉権蔵《かどくらごんぞう》から女房の浮気調査の依頼が舞い込む。調査を進める中、女房の「愛ちゃん」の浮気相手と覚《おぼ》しき名の知れた画家から、自分の最新作を盗まれたとゴリラに相談が入った。何だか引っ掛かる。単なる浮気調査では終わりそうも無い。

五月のシンデレラ

電話番の由子《ゆうこ》に山藤組のマサから縁談が持ち込まれた。相手は急成長中のＩＴ長者。何でも政界に打って出るために、由子の由緒ある家柄（？）に目をつけたらしい。本人は浮かれた様子だが、あの尻軽由子が由緒正しい家柄であるはずが無い。本当の狙いを探る為に調査を始めると、とんでもない真相にぶち当たる。

恋する組長
橋爪《はしづめ》組の組長からの依頼は、一目惚れした女性との仲を取り持つことだった。その相手がゴリラの女房、愛ちゃんであることが問題だ。成功報酬を手に入れつつ、愛ちゃんを橋爪の毒牙から守る方法を考えなければ、ヒラメの餌になってしまう。

これら六つの短編のすべては、依頼の解決だけで終わることなく、〝おれ〟は第二、第三の事件に巻き込まれ、二転三転しながら意外な結末にたどり着いていく。ミステリ要素をたっぷりと織り交ぜながら、短編へと凝縮させることに成功しているあたりは、さすが笹本稜平と頷《うなず》かずにはおれない。

更に際立《きわだ》っているのは登場人物達の造型でしょう。厄介な依頼を持ち込んでくる主な登場人物達とは——

S署のゴリラ——門倉
何度も〝おれ〟を誤認逮捕しそうになる強引な捜査をするが、女房の愛ちゃんにメロメロ。
山藤組の組長——虎二
簀巻きにして海に放り込んだ人間は数知れず。

しかし愛犬ベルに対しては、超が付くほどの犬馬鹿。

山藤組の若頭——近眼のマサ

私立の名門K大法学部卒のインテリヤクザ。

しばしば〝おれ〟の相談にのるが、油断ならない。

橋爪組の組長——大吉《だいきち》

頬の向こう傷がトレードマーク。S市の鯛やヒラメを美味くさせる張本人だが、恋愛が弱点。

電話番の由子

経費でお菓子をどっさり買い込む尻軽な電話番。しかし愛嬌たっぷりで憎めない。

等々。一癖も二癖もある人間ばかりが事務所を訪れるが、彼らが押し付ける無理難題を、〝おれ〟はハードボイルドに引き受け、コメディタッチで解決（？）してしまう。

ただのハードボイルドでもなく、ただのユーモアだけでもない、世の中に対して斜《はす》に構え、そのくせちょっとハズシているけどどこかカッコいい。世間を見廻しても、いそうでいないのが〝おれ〟であり、この辺りにこの男の魅力がある。

それにしても硬派な漢《おとこ》の世界を書かせたら天下一品の著者が、このような世界観をも描き出せる事に、小説家としての幅、力量を感じずにはいられません。

『恋する組長』で初めて笹本稜平氏の作品をお読みになられた読者には、是非一度、彼の他の作品もお試しになる事をお勧めします。本屋にとっても読者にとっても、いい作家であり作品群である事は保証いたします。

ところで、この数年、警察小説が流行っている事を御存知でしょうか。本年度（二〇〇九年度）第一四二回直木賞は、警察小説、ハードボイルド小説の雄、佐々木譲《ささきじょう》氏が『廃墟に乞う』で受賞。店頭を見ると、今野敏《こんのびん》氏、誉田哲也《ほんだてつや》氏、堂場瞬一《どうばしゅんいち》氏といった名だたる作家の警察小説が文庫、単行本を問わずに棚の稼ぎ頭となっている。陳列場所に頭と腰を痛める書店担当者を横目に、憐憫の情さえ沸き起こるほどの冊数なのです。

やはり、勧善懲悪、ストイックなまでに捜査に打ち込む姿、事件に至るまでのヒューマンドラマ、組織の中の一匹狼、正義の中にある人情と登場人物のキャラクターの造型が、近年のネオ警察小説とも呼ぶべき物へと昇華していった結果であろう、と勝手に推測しています。

しかしながら、警察に出来なくとも、〝おれ〟のような探偵にこそ出来る事もたくさんあるでしょう。警察小説の後に続くものとは何だろう。

それは、このユーモアハードボイルドも含めたネオ探偵小説に違いない、と勝手に確信してしまっている。

〝おれ〟と由子はその後どうなったのだろう？　ネオ探偵小説のムーブメントを牽引するであろう本作の続編にも、勝手に期待しているのです。

〈初出〉
死人の逆恨み　「小説宝石」二〇〇二年一月号
犬も歩けば　「小説宝石」二〇〇二年五月号
幽霊同窓会　「小説宝石」二〇〇三年六月号
ゴリラの春　「小説宝石」二〇〇四年五月号
五月のシンデレラ　「小説宝石」二〇〇六年五月号
恋する組長　「小説宝石」二〇〇六年十二月号

二〇〇七年五月光文社刊

光文社文庫

恋《こい》する組長《くみちょう》
著者　笹《ささ》本《もと》稜《りょう》平《へい》

2010年3月20日　初版1刷発行
2010年6月25日　3刷発行

発行者　駒井稔
印刷　慶昌堂印刷
製本　ナショナル製本

発行所　株式会社光文社
〒112-8011　東京都文京区音羽1-16-6
電話　(03)5395-8149　編集部
8113　書籍販売部
8125　業務部

ISBN978-4-334-74740-4　Printed in Japan

組版　慶昌堂印刷

お願い　光文社文庫をお読みになって、いかがでございましたか。「読後の感想」を編集部あてに、ぜひお送りください。

このほか光文社文庫では、どんな本をお読みになりましたか。これから、どういう本をご希望ですか。

どの本も、誤植がないようつとめていますが、もしお気づきの点がございましたら、お教えください。ご職業、ご年齢などもお書きそえいただければ幸いです。当社の規定により本来の目的以外に使用せず、大切に扱わせていただきます。

光文社文庫編集部